Pierre Decque

LE DESTIN ET LE HASARD

La vie m'aura servie de leçon, je ne recommencerai pas.

F. Dard

La vie, c'est un petit bout de lumière qui finit dans la nuit.

L.F. Céline

Meudon

--Ça ne va pas être le plus facile. Faire parler Céline, faut reconnaître, frise l'inconscience. Je vais essayer tout de même.

Tant pis, c'est plus fort que moi. Et comme je n'y résiste pas...

Ça a commencé comme ça :

J'avais douze ans et un prof d'anglais en quatrième qui lisait l'Huma, ce qui, à mes yeux était impardonnable. Aussi, des que je pouvais, jem'emparais du journal pour le déchirer, jusqu'au jour ou, évidement, je fus découvert.

--Peux-tu me dire pourquoi tu fais ça ? me demanda le prof.

.

Que pouvais-je répondre, sans passer pour un con ? Rien ne me venais, faut dire je n'étais pas très a l'aise, entrevoyant les sanctions à venir, et par conséquence, la rouste qui m'attendait a la maison.

Justement, à rester sans rien dire, j'avais vraiment l'air du crétin qui ne peut se justifier. C'était encore pire. Monsieur Richard, c'était son nom, dû s'en apercevoir, ayant oublié d'être bête, il me fit cette étonnante proposition.

--Tu as certainement tes raisons, il va falloir me les dire. La semaine prochaine, je te passerai trois, quatre, livres lesquels je pense t'aideront à répondre a la question. Tu les lis, et tu m'expliques. Tu ne les lis pas, et t'es collé. Simple, non ? Je ne te demande pas d'être d'accord avec moi, ça ne servirai à rien. Une explication, c'est tout.--

Sur le coup, je ne m'en sortais pas trop mal. C'est du moins ce que je pensais, jusqu'à la semaine suivante lorsque le père Richard me retint après le cours pour me passer les fameux bouquins.

Là je me suis rendu compte qu'il m'avait piégé, dans le bon sens, mais piégé quand même. Je devais me farcir la lecture de quatre bouquins, dont trois écrits par des mecs inconnus au bataillon.

Sur les quatre, deux me sont restés dans ma mémoire

« Les Misérables « V. Hugo et « Le voyage au bout de la nuit » L.F. Céline. Ce dernier, d'une lecture plus difficile, mais dans lequel j'entrais sans trop de peine…

Je ne me rappelle pas quelle fût mon explication, mais je ne fus pas puni…Et sans m'en douter, avec « le voyage » commençait une passion qui dure toujours et n'a jamais faiblit, bien au contraire. Tant d'heures passées à lire et relire avec le même bonheur, des phrases magnifiques, dont une seule suffirait à faire la fierté de n'importe quel écrivain. La première que j'ai retenue, la voici :

« Ma mère a tout fait pour que je vive, c'est naître qu'il n'aurait pas fallu »

Faut dire, a douze ans, on n'est pas préparé a ce genre d'écriture..Je pourrais tartiner là-dessus, mais vous avez compris, pour moi, commençait un culte qui ne s'éteindrait jamais, m'apportant de grands moments de plaisirs, et ce, depuis plus de soixante ans.

Bien sûr, l'idée me titillait depuis quelque temps, voir sa maison, passer devant, respirer le même air, toutes ces choses qui meublent une passion spirituelle.

Un jeudi après-midi, mes parents faisant la sieste, tranquille donc, je montais sur mon vélo, et a coups de pédales décidées, pris la direction de Meudon. De Suresnes, ça ne faisait pas loin et j'avais étudié la carte, m'y voyant déjà…Pour le vélo, j'étais balaize, je faisais quatre fois par jour le trajet Suresnes cités jardins, mont valérien pour aller au lycée. Tant mieux, car Céline habitait dans le haut de Meudon, sans être le Galibier, c'était une belle grimpette.

L'époque étant toute autre, Sans me soucier, j'abandonnais mon spad avant d'arriver sur les lieux. Je commençais à marcher, et pour être bien franc, je bandais mou…J'avais les guitares en flanelle…

C'était un chemin pavé, qui, faisait une épingle à cheveux, avec des arbres dans la boucle. Pour un peu on se serait cru à la cambrousse. Je restais sur la route au lieu de couper le virage, j'avais la trouille, et du coup, je n'étais pas si pressé d'arriver. Au fond de moi, avec la peur, il y avait aussi le vif plaisir que l'on ressent en déshabillant une femme avant de lui faire l'amour, l'attente, les préliminaires, ça vous remue la paillasse. Je ressentais tout ça et plus encore, sans pouvoir l'expliquer bien sûr, j'étais encore trop jeune. Je l'ai compris plus tard. Une excitation, une poussée de fièvre, on est plus le même…Tout cela parait excessif, mais c'est pourtant réel.

Des années plus tard, je retrouvais le même plaisir en retardant volontairement le moment de sortir de l'aéroport pour retrouver mon fils Jean Pierre .Je l'observais quelques instants par les portes coulissantes alors qu'il ne me voyait pas encore. Quand l'émotion se montrait trop forte et que je sentais venir les larmes, alors seulement je sortais…Je venais de vivre des instants délicieux. Inoubliables !

C'est dans cet état d'esprit que je m'approchais de la demeure de Céline. Ici, permettez-moi une parenthèse. J'aimerais nommer Céline autrement, cette façon de le nommer me paraît réductrice, ou pour le moins familière. En bref, ça me gène, mais comment faire autrement. Le nommer Maître me semble ridicule, et en tous cas inapproprié et Monsieur étant dérisoire… Là, je manque de vocabulaire. La langue Quetchua, des indiens de l'altiplano possède plusieurs mots pour dire je t'aime….Alors que nous avons le même mot pour déclarer notre amour a la femme qui nous fait rêver comme a son gentil toutou, c'est un peu léger, pas suffisant pour parler de Céline.

Donc, je continuais de grimper en ayant l'impression d'abandonner tous les autres chemins. J'allais arriver où vivait cet homme capable de faire danser les mots pour les rendre immortels, qui connaissait la joie sans en jouir et la douleur sans en souffrir.

Tout à mes rêves j'entendis des cris, des bruits inquiétants qui me barraient la route. C'était confus, je voyais un homme âgé aux prises avec quelques garçons, pour ce que je pouvais en juger. Le vieil homme venait de tomber et trois mecs s'agitaient comme des indiens autour d'une diligence…. Je m'apprêtais à faire comme les chameliers, passer outre, tout en jetant un œil par curiosité. Je ne suis pas du genre boy-scout, faut avouer ! Surtout quand je suis sûr de me faire casser la gueule. Courageux, mais pas téméraire le petit Jean-Léon.

En tous cas, l'ancêtre, vêtu comme un clodo d'après ce que j'en voyais, était en train de passer un sale quart d'heure. C'est la quantité de pelures qu'il avait sur lui qui m'a alerté. Je revoyais les photos de Céline vêtu de plusieurs vestes et un blouson doublé mouton par-dessus. Il se remit debout, et là, je le reconnu. Ces crétins malmenaient le plus grand écrivain du siècle, simplement parce qu'il était crado, un rebut de la société. Copiant par là le « crapaud «   poème de V Hugo. Le mal pour le mal, l'illustration de la bêtise, images de décérébrés…

Sans plus réfléchir, je me jetais sur ces connards, leur criant de se reprendre et d'arrêter de cogner sur un vieillard, ce qui était complètement inutile, l'eau tiède qui remplissait leurs cerveaux ne laissait rien passer..N'empêche que mon irruption les dérangeait, et pas qu'un peu..Pourtant, excités comme ils étaient, rien ne pouvait les arrêter, Inutile de chercher à les raisonner, restait la violence, les coups…

Le premier que j'ai chopé, je lui ai balancé mon pied dans les bijoux de famille, ça l'a calmé de suite, il s'est sauvé en couinant comme un cochon qu'on égorge…Du coup, je me suis pris pour John Wayne, mais pas pour longtemps, un des deux emmanchés qui restaient dans la danse m'a balancé une grosse pierre , j'ai cru qu'un immeuble s'écroulait sur moi….

Curieusement, c'est ce qui mis fin a la bagarre. Le mec qui m'avait lancé le pavé a dû prendre peur et penser qu'il m'avait sinon tué, pour le moins gravement blessé les deux ont rejoint leur pote aux burnes enflées et les trois sont partis rapidos.

L'air de rien, c'était le super coup de bol. Nous étions, Céline et moi, amochés, mais ensemble, je ne sais pas si vous mordez la scène ?

Faut pas oublier qu'il était médecin … Me voyant à moitié dans le coltard, et c'est là le miracle, le docteur Céline, pourtant pas en grande forme non plus, m'aida à faire les quelques mètres qui nous séparaient de sa maison, où il avait son cabinet médical.

Il m'aida pour ouvrir la grille que tant d'autres n'avaient jamais pu franchir. Le Maitre ne recevait pratiquement personne, célèbre ou pas… …Je me souviens d'avoir vu un panneau accroché au portail marqué < L. Almanzor, danses classiques et de caractères> Oui, pour moi, c'était et ça reste encore inconcevable. Penser que le petit vermisseau de Jean Léon pénétrait chez Céline, c'était au-delà des rêves. Le mec qui s'aventurait à   la grille était habituellement accueillit par des molosses, babines retroussées prêts a mordre. Une équipe de journalistes ayant pourtant pris rendez-vous, s'était vu, non seulement refuser l'entrée, mais en plus, menacée par les chiens …Sachant cela, vous dire sur quel nuage je flottais. Car je me rendais parfaitement compte de ce qui m'arrivait, sans pouvoir imaginer la suite...

Peu de temps avant, monsieur Jean-Pierre Marielle, admirateur transis (comme tant d'autres) de Céline, ayant pris son courage à deux mains, s'était, tout comme moi, décidé à rendre visite au grand homme. Marielle, vous le cernez bien ? Un grand balaize, bourré de talent, pas vraiment timide, limite grande gueule et déjà célèbre...

Arrivé à la grille, il est resté comme un môme et n'a jamais osé sonner ! Quand il racontait ça, de sa voix inimitable, croyez-moi, ça faisait son effet. , ceux qui ne connaissait pas encore Céline ont sans doute voulu savoir quel était l'homme qui pouvait a ce point intimider Marielle. Du coup, la vente de ses livres a peut-être augmenté...

Donc, contournant un parterre en friche sensé donner de la noblesse au jardin, ainsi qu'a la maison qui se dressait au fond. La scène devait être cocasse, deux éclopés s'aidant mutuellement, un vieux clodo vêtu de frusques informes, clopinant avec a ses cotés, un gamin amoché. Les clébards nous regardaient sans moufter, heureusement pour moi.

En entrant dans la maison, ce qui m'a frappé, c'est la cacophonie ambiante, entre le piano, les bruits de pas a l'étage où Lucette Almanzor, sa femme donnait ses cours de danse , sans oublier les multiples volatiles, piafs et perroquets, voletant dans le bureau, moi qui n'ai jamais aimé le vacarme, j'étais servit.

Il me fit entrer dans une pièce, située au rez-de-chaussée, un véritable capharnaüm. C'était à la fois son cabinet médical et son bureau. Il y avait des cages d'oiseaux dans un coin, des planches anatomiques au mur. Les patients ne devaient pas s'y bousculer. Il y en avait , des feuilles de papier, des pinces a linge, des vieux bouquins et des frusques, bref un désordre complet… sauf un grand fauteuil qui devait servir aux malades suffisamment intrépides se risquant ici…Mais comme il ne se faisait pas honorer, la clientèle n'était pas haut de gamme. Il me fit assoir, et bien qu'étant mal en point, il commença à m'ausculter, regardant la plaie que j'avais à la tête. Ses grandes mains étaient incroyablement douces, sa façon d'être vous mettait aussitôt en confiance, j'étais rassuré, et à juste titre. Apres avoir désinfecté la blessure et badigeonnée d'Arnica, il me posa une compresse, la faisant tenir avec des sparadraps. Il se releva, me regarda dans les yeux en me demandant comment je me sentais. Tout d'un coup, j'avais devant de moi un médecin, attentif et inquiet de savoir si ses soins m'avaient soulagé. A coté s'ouvrait une chambre qui devait lui servir pour se reposer dans la journée. En fait, je l'appris plus tard, il ne montait jamais aux étages, Lucette les utilisait pour ses cours de danse. Sa clientèle nécessitait plus d'espace. C'était une source non négligeable de revenus pour les Destouches.

Je savais que certains commerçants refusaient de servir le <nazi Céline>. Sans parler des petites affiches collées sur les arbres dans le bas Meudon, demandant l'expulsion des Destouches. Bien sûr, les voisins ne leur parlaient pas, aussi Lucette préférait prendre les transports en commun pour aller faire ses courses dans Paris…Belle ambiance !

Bon, là je m'égare et risque de vous perdre, ce qui serait dommage si vous avez tenu jusqu'ici !Quand j'ai ouvert les yeux, un peu plus tard, j'étais toujours dans le fameux fauteuil, avec l'impression de me réveiller dans une ménagerie a cause du boucan que faisait les animaux .Plus tard, lors d'un voyage en Cote d'Ivoire, m'aventurant en forêt, j'y retrouvais le même tumulte…

A part ça, j'étais seul, un peu nauséeux, le paveton m'avait secoué faut croire. Je m'étais assoupi, lorsque j'entendis une voix me demander comment je me sentais. Je n'ai pas, et de loin, le talent qu'il faudrait pour expliquer je que j'éprouvais en découvrant Céline devant moi .Je ne suis pas assez con pour dire que je croyais rêver, j'étais tout à fait conscient de ce qui m'arrivais. J'avais tellement envie de le voir .Et là, il était en face de moi, et il me parlait, jamais je n'aurais imaginé que ça puisse m'arriver. Par chance, a dix sept ans, les choses les plus étonnantes vous paraissent rapidement normales…

Mais enfin, j'avais l'immense Céline qui me parlait gentiment, et j'étais assis dans sa maison. L'écrivain était aussi extraordinaire que ses livres, l'œil bleu, le regard pénétrant. Apres tout ce n'était pas tous les jours qu'il laissait entrer un inconnu chez lui…Quelques heures plus tard, je compris que c'était une personne à la fois passionnée et froide. Cynique et, si vous me pardonnez ce mot, pitoyable. Dans ses discours, l'idée de la mort revenait sans cesse, il se plaisait décrivant une humanité affamée de catastrophes et jouissant des massacres provoqués par les guerres.

Ce que je vivais ne se reproduirait jamais plus. Conclusion, je devais essayer d'en profiter au mieux. Le raisonnement n'était pas idiot, le mettre en pratique était plus coton…Le seul moyen, faire semblant de ne pas savoir qui il était. Surtout pas lui dire que j'étais là pour lui, pour l'apercevoir peut-être, mais ne rêvais pas aussi haut, pour voir seulement où il vivait. Si j'avouais savoir qui il était, il se refermerait aussi sec, et je n'aurais plus qu'à partir. Faire l'innocent, après tout, c'était plus a ma portée que le contraire.

--Vous êtes comptable ? Demandais-je.

--Non pourquoi ? me répondit-il une lueur amusée dans le regard.

Pour tous les papiers que je vois partout…

--Effectivement, j'écris, mais des phrases, pas des chiffres. Je suis un ouvrier de l'écriture, ce que beaucoup ne veulent pas admettre. Me dit-il.

Il avait l'air de vouloir parler, et j'étais une personne inconnue et sans importance. Pour lui aussi ce devait être une opportunité. Il ne savait pas qui j'étais et ça n'avait pas l'air de le gêner .Je ne représentais aucun danger, après tout je l'avais tiré d'un mauvais pas, sans rien attendre .Enfin c'était ce qu'il croyait…Puis, volubile, il enchaînait.

--« Le Voyage » m'a pris six ans, cinquante mille pages manuscrites ce n'est pas du travail a façon !Du coup, j'ai fait trop d'envieux pour m'en tirer

Il me regardait sans me voir, pensant que je n'y comprenais rien, ce qui lui convenait parfaitement.

--Bon, je raconte n'importe quoi aujourd'hui, se reprit-il. Comment vous sentez-vous jeune homme ? Je suis sûr qu'il n'y a rien de cassé, mais le coup fut violent tout de même. Quel âge avez-vous et que faîtes -vous dans l'existence quand vous ne jouez pas les sauveurs ? Des études ? Vous m'avez l'air d'un garçon convenable.

--C'était comme au commissariat, sauf qu'il répondait lui-même aux questions.

Je m'appelle Jean Léon lui dis-je, Jean Léon Decque je travaille avec mes parents qui tiennent une charcuterie à Suresnes .Pour être complet, j'ai dix sept ans et à seize ans, après le bac, comme je ne savais pas où me diriger, mon père m'a mis un tablier. Voyant que ça ne m'enthousiasmais guère ce qui d'ailleurs ne le dérangeait aucunement, il m'a dit < Un homme doit avoir un métier, et avec celui-ci, tu mangeras toujours a ta faim, où que tu sois> .Ai-je répondu a vos questions monsieur, ou dois-je dire docteur ?

--Docteur, ce sera parfait. Voulez-vous un verre d'eau ?

Merci docteur, ça ira, je vais vous laisser, dis-je sans bouger du fauteuil .Pour être franc, il aurait fallu une grue pour m'en extirper.

Voyant que l'auditeur muet ne semblait pas vouloir partir, Céline, ayant sans doute besoin de faire une pause et n'ayant pas envie de s'allonger dans la pièce attenante, continuait son monologue pour mon plus grand plaisir. Je n'en attendais pas tant. J'étais au paradis. Je peux dire qu'a cet instant, c'était le plus beau jour de ma vie…60 ans plus tard, en écrivant ces lignes, c'est toujours là, intact dans ma mémoire.

--Ma mère aussi faisait du commerce, disait-il ça nous a jamais rapporté que des misères et beaucoup d'ennuis .Les soucis étriqués du petit commerce, j'ai connu ça. J'espère que le commerce de vos parents est florissant. Votre père a raison, un homme doit avoir un métier. Je vois que le bac a seize ans vous place dans les bons élèves, voir les très bons. Je me trompe ? Les études, ça vous change un homme, il faut bien en passer par là pour entrer dans le fond de la vie.

--C'est juste monsieur, seulement j'aurais bien voulu prendre le temps, avoir le choix. Mais je n'avais pas d'idées pour continuer des études .Répondis-je.

--Il poursuivait .Mon père aussi était dur. Faut dire qu'en ce temps là, les gifles primaient .Pourtant tout ne se résous pas avec des baffes. J'ai fait médecine tout seul, pratiquement, après avoir connu trente six métiers...Dans ma famille, on a tous été bien travailleurs, et bien cons, faut reconnaître. Je voulais me sortir de là, vous voyez, rien n'est joué, tout ou presque vous est permis. Après tout, la vie ne vous maltraite pas trop .Je me trompe ?

--Non, lui dis-je, je ne manque de rien, même si un peu de liberté me viendrais bien. Ma famille ne connait qu'un mot, « travail », ça supprime beaucoup de choses vous savez .Puisque vous avez la gentillesse de me parler, je vais ,en deux mots, si vous me permettez, vous conter une anecdote qui je crois dépeint la mentalité de mes parents. Avec ma « très modeste première paye, je m'étais offert un billet de loterie, et coup de pot, j'ai gagné quelques sous. Je touchais 10000 frs par moi, j'ai dû gagner 2oo frs...Content de moi, avec un grand sourire, je l'ai dit a mes parents...Quoi de plus normal ?

Réponse de ma mère <Va porter ces sous a l'église en face, l'argent se gagne en travaillant, pas en jouant.> Il m'arrive encore d'acheter un billet, mais je n'ai plus jamais gagné un centime...Le cas contraire, je ne m'en serais vanté a personne. En écrivant ces lignes, je m'aperçois que continuer a acheter des billets de loterie fût plus une désobéissance qu'un plaisir. Et ça a duré toute ma vie.

--En y pensant, nous avons vécu nos premières années , quoiqu'a des époques différentes ,dans un contexte familial a peu prés identique, me confia-t-il.

--Mon problème en l'écoutant était de ne pas trahir mes sentiments. Faut pas oublier que j'étais seul, en face de la personne que j'admirais le plus au monde .J'étais venu ici pour respirer le même air que lui ,a présent je devais faire l'innocent, pas l'idiot, bien sûr, mais le jeune , bien élevé, qui écoute parler le médecin qui vient de le soigner. En réalité je buvais les paroles du plus grand écrivain du siècle, j'étais en train de vivre des moments uniques, connaissant tout de lui, je savais que personne n'avait eu cette chance, que j'étais le seul, et pour toujours. Une comédie difficile à jouer, croyez-moi. J'aurais donné ma chemise pour qu'il ne s'arrête jamais, j'avais une angoisse affreuse de le voir se lever ,m'accompagner a la porte en me remerciant de l'avoir aidé, et me quittant a tout jamais, mettant ainsi fin a mon rêve .Devais-je continuer a lui parler, ce qui n'avait aucun intérêt pour moi, et certainement pareil pour lui.

--Ainsi vous allez être charcutier, savez-vous que ce mot vient du moyen-âge, signifiant chair cuite ?me demanda-t-il. Sans attendre ma réponse, continuant son monologue, il me disait, « on choisit parmi les rêves ceux qui réchauffent le cœur. Croyez-le ou non, moi, c'étaient les cochons, et ne me demandez pas pourquoi. » Encore une chose, jeune homme. En fait, vous avez eu bien de la chance de ne pas poursuivre l'école, ce que vous savez suffit bien, a coté de ce qui vous attend...Tout ce qu'ils fabriquent, tout ce qu'ils récitent, c'est pas écoutable en somme…Les études, faudrait pouvoir trier .Tant de choses viles, de règles qui vous ahurissent. Utiliser l'enthousiasme des jeunes pour leur enseigner des choses qui se vendent, qui s'achètent, se mangent, se combinent, s'installent, dilatent, capital qu'on roule en enfers mécanisés, qu'on accumule dans des dépôts pour les refiler à bénéfices. Quelle atroce farce, donner aux jeunes des examens impeccables de notions inutiles, qui ne leur serviront en rien dans la vraie vie.

Il continuait de parler, et moi d'essayer de bien tout saisir et en même temps de retenir .Ce fut surement la seule fois de mon existence où je demandais à mon cerveau de fonctionner à plein régime. Le grand homme continuait sur sa lancée, me faisant sans le savoir le plus beau cadeau de ma vie. Là, c'étaient les Français qui étaient jugés par un homme aimant son pays par-dessus tout .Sa Célinienne colère n'était pas feinte !

--Si c'était par la force des mots, personne ne pourrait nous surpasser, clamait-il. On est devenus champions du monde en forfanterie .Ils veulent revendiquer en tout et sur tout et puis voila. En vérité, les français sont bons pour toutes les servitudes, toutes les chiasses et tous les mensonges…L'éternelle histoire des clans gaulois, César l'avait bien compris. Le français reste persuadé d'avoir l'intelligence naturelle.

Il me regarda, comme s'il avait oublié ma présence .Avec un bon sourire, il me demanda comment je me sentais à présent.

--Dîtes donc. Vous les avez mis en fuite les trois crétins. Ce n'est pas la première fois qu'on me jette des pierres, mais jusqu'ici, on ne m'avait jamais agressé. Il y a un début a tout, mais en y réfléchissant, c'est bien embêtant pour l'avenir .Il va falloir cacher ça a Lucette, ma femme. Je vais vous dire une chose. Je suis un écrivain qui a eu beaucoup de succès, beaucoup trop, mais avec ma manie de me mêler de ce qui ne me regarde pas, j'ai trop parlé, alors que justement, j'aurais du me taire, les choses se sont horriblement compliquées pour moi. Vous me voyez habillé clodo, même comme ça, les gens me haïssent…Heureusement que ma femme me nourri avec son travail, une abnégation pareille, c'est rare vous savez, surtout venant d'une femme .Elles sont toujours pressées, comme les fleurs, elles poussent sur n'importe quoi…La saison dure pas si longtemps. Faut avouer, dans une existence qui finit par être longue sans finir encore, je n'ai guère admiré la gent féminine .Voyez-vous leur tragédie, arrivées a un certain âge, si elles se raccrochent, comme j'en vois, elles font maquerelles, si elles se laissent aller, dames patronnesses…La vie est cruelle.

J'écoutais ne sachant que faire, prenant conscience que ce jour ferait date dans ma vie, parmi tant de mois durant lesquels j'aurais pu me passer de vivre.

--Qui peut croire que tenir une plume fatigue autant ? Demandait-il .Je suis tellement las, je n'ai plus de forces. Ce travail est vraiment en train de me tuer. Je ne peux pas faire autrement, tout mon délire est dans l'écriture, je ne me plais que dans le grotesque aux confins de la mort…Que je sens venir, d'ailleurs. A vous que j'ai la chance de ne pas intéresser, je peux le confier, essayer de transposer le langage parlé en écrit comme le firent les Impressionnistes avec la peinture quand ils sont sortis de l'atelier, est un boulot de chien. Dans un atelier, c'est plus confortable que dehors, mais c'est justement dehors qu'on se mouille et où se trouvent les couleurs du cœur, et le style, c'est justement le cœur.

Ma passion, c'est la médecine, continuait-il si j'avais eu des sous, je n'aurais jamais écrit une ligne, mais celui qui n'a pas vecu l'angoisse du terme ne peut pas comprendre, alors j'ai pensé que je pouvais faire aussi bien que certains auteurs à succès, et ainsi, avoir l'argent pour acheter un appartement et ne plus m'occuper du loyer. Evidement, ça a été un peu loin .Et si encore j'avais fermé ma gueule…La médecine aussi a son côté déplaisant .Quand on se fait payer par les riches, ils s'arrangent pour vous donner l'air d'un larbin, par contre si ce sont les pauvres, alors, on a tout du voleur….

__ Je pensais, comment vais-je retenir tout ça ? Pas question de l'interrompre, mais si j'avais le cœur assez grand, la tète n'allait pas suffire pour tout retenir .Ah, que la vie est difficile, mais je n'allais pas m'en plaindre ! -Il ne s'arrêtait pas, c'était à ne pas croire ce qui m'arrivait.

--Puisque vous êtes ici, me dit-il comme si il venait de me découvrir, rappelez-vous, votre mère a, je m'en doute, un caractère fort, comme avait la mienne, pourtant, chez nos mères, on a toutes les occasions de la destinée, il vous suffira de savoir choisir..Si je vous ai bien compris, malgré les époques différentes, toutes deux menaient une vie de dur labeur, à commencer par le fait qu'elles tenaient commerce. Elles venaient d'un temps où le petit peuple n'avait pas encore appris à s'écouter vieillir.

Fasciné, je découvrais ce que ses admirateurs et aussi ses détracteurs (pour ne pas dire ses ennemis), nommaient « la verve Célinienne »en précisant qu'il était impossible d'interrompre ses monologues dans lesquels il fustigeait pêle-mêle, ses contemporains, les Français, lâches et cocus de la vie, les écrivains, des pauvres aptères tout juste bons a le copier .Que dire des éditeurs, « épiciers bas de plafond » Il n'y avait ni compromis, ni mesure chez Céline .Il n'est pas excessif d'avouer que la tête me tournait emportée dans ce tourbillon littéraire et culturel. J'étais entrainé, balloté, sans chercher à reprendre pied .Je me noyais dans le génie. Comment le dire autrement ? Il faut beaucoup de talent pour décrire un prodige ! Je ne m'étais donc pas trompé en admirant cet homme capable de vous émerveiller avec de simples mots. Le tout étant de savoir comment les assembler...

« Quand les femmes sont si belles qu'elles n'ont même pas besoin du mensonge de nos rêves. »

Voila, tout est dit ! Combien d'écrivains se damneraient pour écrire une pareille phrase ? Je l'avais devant moi, en toute simplicité. Comment pouvait-il en être autrement ? Aujourd'hui, la vie me faisait un extraordinaire cadeau, j'amassais des réserves contre les inévitables vides de l'esprit qui peuplent la vie de tout homme...J'étais émerveillé, mais non étonné.

Madame Yourcenar disait :

<Sans passion de l'esprit, il n'y a guère de vrai grandeur, ni de vrai sagesse>

Jusqu'ici, mon existence n'avait, hélas pas connue la grandeur ni la sagesse, mais par bonheur, ce jour là, j'ai compris que ça existait. Pour l'heure, je ne savais trop quoi faire. Il en était a ses préférences littéraires...Quel dommage de ne pas l'enregistrer...Mais n'en demandons pas trop, avec un micro dans la pièce, il ne se serait pas laisser entrainé a pareil monologue.

Je n'osais pas trop le regarder ayant conscience qu'il fallait peu de chose pour que les instants uniques que j'étais en train de vivre prennent fin. Que ce soit par ma faute m'eut été insupportable Autant dire que je me faisais tout petit, déjà insignifiant a côté de lui, pour un peu j'allais disparaitre .Putain, a dix sept, ans ne connaissant rien de la vie, je cherchais quelle attitude adopter pour prolonger ces moments uniques.

Je me disais, aussi longtemps qu'il ignorera ma présence, il continuera de m'éblouir inconsciemment. Avant tout, ne pas me manifester, ni par un bruit, ni par un geste .Un peu comme les chasseurs qu'on voit prenant toutes les précautions pour ne pas effrayer des animaux qui se sauvent au moindre bruissement anormal. -Si j'avais pu me faire greffer une oreille sur le front pour l'entendre encore mieux...Je devais ressembler a une momie, enfoncé dans ce grand fauteuil déglingué, a peine si j'osais cligner des paupières...

--Depuis Balzac, les critiques ne semblent plus savoir lire. L'échelle est tirée, le tourment esthétique n'existe plus continuait-il. J'écris comme je parle, aucun procédé là-dedans, seulement un énorme travail sur chaque ligne...

A ce moment là, ses yeux se posèrent sur moi. Pas surpris de me voir, a croire qu'il avait toujours été au courant de ma présence dans cette pièce.

--Ne vous effrayez pas mon garçon, il m'arrive que le papier ne me suffise pas, la parole devient alors un exutoire. dit-il.

Puis me regardant comme seuls savent le faire les médecins

--Vous êtes bien pâle, je ne m'occupe guère de vous, le contre coup de l'agression je pense...Je vais vous faire du thé, il doit en rester, pour ma part, et bien qu'ayant vécu a Londres, je ne goûte pas cette tisane insipide. Pas plus que les anglais pour être sincère. De toute façon je ne vous laisse pas repartir dans cet état. Vous étiez à pied ? Il n'est pas assez tard pour que vos parents s'inquiètent. Un peu de patience et vous serez tout à fait remis.

Pour répondre a vos questions, docteur, lui dis-je j'ai laissé mon vélo un peu plus bas…Si je suis de retour chez mes parents avant 8 heures, tout ira bien .En vérité, le thé n'existe pas chez moi. Mais j'en boirais volontiers une tasse, si vous voulez bien. L'année dernière, j'ai passé un mois en Angleterre, où il est bien difficile de vivre sans une tasse de thé à la main. Il est vrai que j'aimerais rester ici encore un peu, je ne me sens pas vraiment en forme. (j'allais dire au top, heureusement que je me suis souvenu où j'étais) Si cela ne vous dérange pas, bien sûr .Je peux bouger quand même !

--Je n'en doute pas, me répondit-il. Mais reposez-vous encore un peu .Il y a si longtemps que je n'avais pas eu le simple bonheur de me sentir une personne normale…Pouvoir parler sans le jugement d'autrui. Vous me donnez un sentiment de liberté. Dans la même journée, c'est le deuxième bienfait que vous m'apportez depuis que je vous connais, et en trouvant cela naturel…

Vous me rappelez un peu un personnage du « voyage », mon premier livre, Alcide de son prénom. Vous venez de m'offrir, sans vous en douter, sans conditions, sans marchandage, quelques heures d'une paix, que je pensais ne plus avoir…C'est votre bon cœur qui vous amène ici. Sans calcul, ni intérêt, pourtant rien ne vous différencie des autres hommes…Je vais me servir de la phrase qui clos ma rencontre avec Alcide puisque vous lui ressemblez.

<Ce serait plus facile si quelque chose nous permettait de distinguer les bons des méchants.>

Pour ma part, disait-il, je ne possède pas cette vertu, rien de plus émollient que cette manie de plaire qu'ont les gens...Pas aimable, voilà, c'est fini.... Je suis fatigué, malade, avec bien d'autres ennuis encore. Si vous en avez le désir, je trouverai bien un de mes livres pour vous en faire cadeau .A vous de voir. Ne comptez pas sur moi pour vous en parler, et si vous déclinez cette offre, sachez bien que je n'en serai pas offusqué le moins du monde. Vous méritez pourtant qu'on vous parle .Je ne fais pas allusion a ce qu'on appelle l'expérience, comme se gargarisent les vieux cons, C'est une lanterne, qui n'éclaire que celui qui la porte.

Croyez bien, j'aimerais moi aussi vous donner des idées qui pourraient vous faciliter la vie qui vous attend. Ce sont, je crois, les échecs qui vous apprennent à vivre, et moi, de ce coté-là, j'ai la collection complète. J'en ai pas raté un .A moins d'être un con fini, ce sont des moments qu'on ne reproduit pas, c'est là que je pourrait vous servir .Malheureusement, je crois que c'est au-dessus de mes forces..Déjà en temps normal, je ne suis pas ce qu'on peut qualifier quelqu'un d'aimable ou de serviable...Je crains que le temps qui passe n'ai rien arrangé mon pauvre ami...Mais enfin, quand on a dix sept ans, je ne pense pas que l'on ai besoin de conseils puisque la vie vous appartient et que l'on croit tout savoir .Et c'est très bien comme ça. Souvenez-vous de ces quelques mots, et imaginez votre vie dans une dizaine d'années. Vous rentrez chez vous, vous préparez un café pour le déguster dans votre fauteuil préféré. La maison est vide, il n'y a personne. Ce sera à vous de voir si c'est de la solitude ou du bonheur...Tout est là. Combien ont le courage d'en tirer les conclusions ? Il faut savoir, pour un jeune comme vous, une journée, ça peut être interminable, mais en vieillissant, une journée passe très vite. Une journée de retraité, c'est un éclair, une journée de gamin, ça n'en finit pas.

Par chance, tout a son monologue, il ne me regardait pas, j'étais comme envouté, buvant ses paroles, à ma place, qui n'aurait pas fait de même ? J'étais certain qu'a cet instant, Céline écrivait dans sa tête. Prendre la plume et coucher tout ça sur du papier, devait lui sembler trop lent, il fallait que ça sorte, la parole étant son seul moyen. De tout cela, peut être lui resterait-il quelque chose à écrire ? Tout en parlant, il déambulait dans la pièce, avec des envolées passionnées, accentuant la réalité des choses, les rendant plus sombres encore...Parlant comme il écrivait...Vacillant parfois sur ses jambes, je voyais bien qu'il était fatigué, usé, au bout de sa vie... En même temps, moi qui aimait lire, bien qu'a cette époque les livres s'achetaient chez le libraire et ce n'était pas cadeau...Les deuxièmes mains n'existaient pas, de ce fait, pour moi, l'accès a une culture littéraire était restreint...J'y pénétrais par la porte de service...Alors que là, Céline m'y faisait entrer par le grand escalier, c'était nettement plus facile. Les écrivains de prestige prenaient enfin la place des vedettes de cinéma qui peuplaient mon Olympe, m'apportant ainsi la preuve de ma sensibilité aux choses de l'art.

J'étais dans le fauteuil, sans me manifester, surtout ne rien faire susceptible d'interrompre le spectacle, faire cesser la magie....La porte, grande ouverte, donnait sur une autre pièce, j'apercevais un perroquet sur le dossier d'une chaise, et derrière la chaise, une table ,avec une cale sensée la mettre d'aplomb , il en existe comme ça en province dans des pièces faisant salon, mais dans lesquelles personne n'entre .Elle était recouverte d'un molleton qui avait dû être blanc, mais qui avait viré au gris sale.

Dessus, éparpillées, de nombreuses feuilles reliées par des pinces a linges en bois. Probablement les écrits d'un manuscrit . Je n'en croyais pas mes yeux...Tout était vétuste et triste. Dans un environnement pareil, on n'écrit pas d'histoires drôles...J'étais en plein rêve, je n'avais pas fait attention, il se tenait devant moi, ayant cessé de parler, et de bouger. Ce vieux monsieur, grand et maigre, malade sans doute, me regardait avec infiniment de bonté, avec dans les yeux, pourquoi pas, comme de la curiosité...

--Il à l'air de faire beau temps, allons dehors me demanda-t-il. Il m'arrive de m'assoir dans le jardin, quoique lui donner ce nom soit un peu excessif .En plus de la vue sur Paris, on a une vue imprenable sur les usines Renault de Boulogne-Billancourt. Ils sont gâtés à présent les ouvriers, de mon temps, ce n'était pas drôle. Il n'y a pas si longtemps qu'on s'est aperçu que c'était chiant d'être un travailleur...

Je n'osais trop rien dire, mais je n'étais pas rassuré entouré de ses gros clébards pas sympas du tout.

--N'ayez aucune crainte, remarqua-t-il. ils sont avec moi, d'ailleurs ils aboient et ont l'ait méchants, mais ça s'arrête là. Du reste c'est tout ce que je leur demande.

Entouré qu'il était de sa meute de molosses, Balou, Agar, et un autre dont le nom m'échappe....Vue du jardin, c'était une belle demeure dominant la Seine, mais délabrée et dépourvue de confort. Trois niveaux, des pièces les unes sur les autres, le tout mal distribué. Elle dominait la Seine !...Tout respirait le manque de revenus pour l'entretenir .De ce coté, le jardin faisait pendant, il n'était aucunement entretenu ...Comme devinant ma pensée, Céline me dit :

--Mon truc, c'est la ville, la nature, très peu pour moi. Quant a la campagne même la pluie y devient une distraction. C'est plein de chemins qui ne vont nulle part. Faut y être né…Alors l'état de mon jardin…

A ce moment, la porte d'entrée s'ouvrit, et une femme apparue. Mince et mal habillée (à mon goût), façon années cinquante… Elle s'approcha d'un pas léger. Je ne lui donnais pas d'âge. Plus tard j'ai compris que passé cinquante ans, l'âge d'une femme n'a plus d'intérêt pour personne, sauf pour elle…Ce ne pouvait être que Lucette, la femme de Céline. Elle venait vers nous d'une démarche légère, souple, aérienne, une grâce de danseuse. Connaissant les épreuves qu'elle avait traversé, je ne savais si l'admirer ou bien la plaindre…Mais bon, quand on a un peu de matière grise, et ça ne devait pas lui manquer, sinon son mari ne l'aurait pas supportée, partager la vie d'un génie prête au respect, sinon a l'admiration…Elle avait les cheveux tirés en arrière, le visage lisse et sans rides d'une personne qui ne commet aucun excès .Son métier de danseuse et une nourriture frugale faisaient le reste…Céline assit sur un banc qui tenait par l'opération du St Esprit, comme disait ma mère, me désigna du doigt, sans se lever, pour me présenter a sa femme.

--Voilà notre Bayard, Lucette. Ce jeune homme m'a tiré d'un très mauvais pas. Du reste, il a été blessé dans l'aventure, ce qui explique sa présence ici, si toute fois tu te posais des questions a ce sujet .Les visites étant rares, je comprendrai ta curiosité..

-C'est une agréable surprise. Ainsi ce garçon t'as en quelque sorte sauvé la vie ?lui demanda-t-elle.

--En quelque sorte, oui, répondit Céline.

-Il me fallait dire quelque chose, sinon j'allais passer pour un demeuré. Faut quand même se mettre à ma place ! Je me trouvais en face d'une personne que j'admirais follement, l'auteur a scandales, l'ancien condamné a mort, le plus grand écrivain vivant, on perd ses mayens pour moins que ça.Surtout quand on en a peu. Je bégayais pour commencer sous la modestie de ma jeunesse, sous ce qu'il faut bien nommer ma dévotion. Je sentais mes joues empourprées, les yeux remplis d'admiration un peu naïve...Céline écoutait cette voix qu'il devinait sincère, et son impassibilité était plus révélatrice que toute parole.

--Vois-tu, Lucette, non seulement ce garçon a fait preuve de courage, ce qui n'est pas si courant avouons- le, mais il bénéficie en outre a mes yeux d'un atout inestimable, ne pas savoir qui je suis. Dire qu'il est pur est absurde, pour moi, il est d'avant le mal. Je ne croyais plus connaître cela. Il ne juge pas, comme tout ces gens qui viennent à moi, déjà remplis de leurs certitudes .Ils me questionnent, mais m'ont déjà jugé. Ils sont là pour leurs journaux, leur télé, faut bien distraire le peuple. Pour eux, la cause est entendue, d'ailleurs ils s'en foutent totalement. Je suis le méchant, le traitre, l'ignoble, qui a même été, pourquoi pas, jusqu'à vendre la ligne Maginot...Rien ne les arrête...Vous verrez, la merde a de l'avenir, un jour on arrivera à en faire des discours...Au fait, il s'appelle Jean Léon, et ces quelques instants de fraîcheurs qu'il m'apporte me sont précieux, tu t'en doutes.

Je savais qu'il sortait rarement de chez lui. Sa réputation sulfureuse était connue dans le quartier .Vêtu qu'il était, d'un pantalon dégueulasse de souliers bons pour la poubelle et d'un amoncellement de pull-overs mités enfilés les uns sur les autres, ça ne donnait guère confiance aux éventuels patients .Seuls venaient les malades non prévenus, et ils étaient rares, ou des voisins trop pauvres pour se payer un médecin plus rassurant.

Tout cela me paraissait irréel, trop ostensible, comme fabriqué pour cacher l'amertume d'une terrible solitude .Cette méfiance bourrue mise au point pour éloigner autant les rares amis que les intrus ou les journalistes. Jusqu'aux admirateurs frustrés qui, comme moi, faisaient le pèlerinage a Meudon...Lui demeurait là, travaillant sans relâche, ça se voyait bien, et a ses dires, s'obstinant à mener une vie sans cigarettes ni alcool, sans restaurant, ni plaisirs d'aucune sorte...

Sa femme avait ouvert un cours de danse et bénéficiait d'une certaine clientèle...En réalité, c'était elle qui faisait bouillir la marmite.... Quand j'écris ça, c'est assez juste étant donné qu'il se nourrissait presque exclusivement de pâtes...Je savais pour l'avoir lu, qu'étant jeune, ces fameuses nouilles mangées a satiété dans leur presque taudis au-dessus de la boutique où sa mère ,Marguerite Destouches, s'était spécialisée dans la vente de lingerie de luxe et surtout de dentelles qu'elle réparaient a l'occasion, ce plat représentait leur nourriture quotidienne, par économie, et parce qu'elles ne sentaient rien et ainsi ne risquaient pas d'imprégner les dentelles de leur odeur...Il disait qu'il ne savait pas jouir de la vie, il tenait cela de sa mère....Avec sa femme, nous nous étions debout, lui était assis ce qui ne le gênait nullement. J'essayais de ne pas paraître gauche sans trop savoir comment m'y prendre...C'était vis-à-vis de Lucette, Céline ne me prêtait aucune attention semblait-il .J'aurais pu rester ainsi, sans bouger ni me manifester pendant très longtemps, je l'ai déjà dit, je vivais des moments hors du temps, ne pas savoir quelle attitude adopter ne me paraissais guère important ..
Penser que ce matin encore, après avoir pris cette décision

quelque peu extravagante, comment aurais-je pu imaginer me retrouver aux cotés de Céline, chez lui, l'écoutant me parler gentiment, c'était inconcevable. J'étais changé en statue, cependant, a ses yeux, je crois ne pas avoir eu l'air ridicule, il comprenait, sans trop chercher a savoir, car enfin quelques heures avant, il m'avait vu me battre sans hésiter et sans faiblir contre trois voyous.. Mon attitude ne l'étonnait pas, il devait avoir l'habitude d'intimider les gens.

De jeunes élèves venaient s'initier aux danses classiques, évitant de regarder dans notre direction, et provoquant le départ de Lucette.

--Votre livre, sans savoir lequel il allait me donner, je vous promets de le lire, mentis-je, les ayant tous lu, et certains plusieurs fois…Je voulais lui demander tellement de choses, lui poser tant de questions, mais comment faire sans l'importuner ? Sans oublier que j'étais sensé ne pas savoir qui il était .C'était ça, le piège .J'essayais de me consoler en me disant que décidément, dans la vie, on ne peut pas tout avoir, déjà par miracle, je partageais des moments avec Céline, fallait pas trop en demander…Ça m'obligeais quand même a jouer les nanars…

--Je comprends que l'éducation que vous recevez ne vous plaise guère, continuait-il. Elle est devenue rare a notre époque, mais c'est la seule valable et je peux vous dire que ça vous aidera dans votre vie future. C'est primordiale vous verrez .Etre un homme et tenir sa place dans la société, ça va devenir une exception…On va vers des époques où les femmes fumeront des cigarettes pendant que les hommes tricoteront

…Ainsi me parlait Céline assis dans son jardin, tournant le dos a la vue sur Paris. --Et continuant de s'adresser à moi.

..Personne ne vous empêche à l' avenir, de reprendre les études si vous en avez envie .Encore faut-il avoir un but .Regardez-moi, depuis toujours, j'ai eu le désir de soigner les gens. Apres de multiples petits boulots, la guerre, l'Afrique et d'autres choses encore, j'ai travaillé pour la mission Rockefeller comme conférencier et interprète .On parcourait la Bretagne en camion, on donnait des conférences sur la tuberculose, a des paysans qui souvent ne parlaient que leur patois et ne comprenaient pas toujours nos explications, Ils regardaient surtout les films... .C'est en passant à Rennes, pour donner une énième conférence, que j'ai rencontré ma femme. Son père était médecin, j'avais tout pour réaliser mon rêve. Ce que je fis. Croyez le, ce n'est pas mon habitude de me raconter, mais enfin, je vous dois bien ça...Si ces paroles pouvaient vous motiver, vous n'auriez pas perdu votre après-midi !

A cet instant, j'avais honte de lui mentir, j'aurais tant voulu lui avouer mon admiration, lui dire que j'étais venu pour lui, enfin ces choses là...Mais c'était trop tard, fallait faire avec...Par chance, il ne prêtait guère attention a moi.

--Savez-vous, disait-il, que le mot charcutier nous vient du moyen-âge, a cette époque on disait « chair cuite » Fabriquer saucisses ,pâtés ,boudin, et plus encore a partir du cochon...C'est un vrai métier, pas facile a apprendre je suppose...Vous n'avez pas a vous sentir diminué. Il m'est arrivé de critiquer le commerce et les commerçants qui ne font que revendre des produits finis...Ce qui n'est pas le cas du charcutier qui lui, transforme et fabrique. J'ai le souvenir de mes parents, vivants une existence étriquée, faite de ces menus soucis propres au petit commerce. Je me souviens avoir écrit quelque chose d'assez dur a ce sujet, en pensant a la vie qu'ils menaient. « nous crevons d'être sans légende, sans mystère, sans grandeur. Nous périssons d'arrière boutique » si ma mémoire est bonne...Le commerce ne nous avait apporté que des soucis...L'époque changeait, avec l'expo universelle, lutter devenait imbécile, c'était se faire du mal pour rien. Même les riches clientes perdaient leur délicatesse, et par la même l'estime du fin travail, des ouvrages tout a la main...A présent, disait ma mère dans les larmes, il y avait de l'engouement pour les saloperies mécaniques et broderies qui s'effilochent. Pourquoi continuer à m'évertuer sur du beau ? La belle dentelle était morte. Je suis resté sur ce sentiment de la disparition des choses, des classes sociales, des êtres. Me forgeant à la fois un caractère pessimiste et me communiquant le gout du beau style que j'essaye de reproduire dans mon travail d'écriture.

Sans oser le regarder, je le sentais apaisé, tranquille, je n'irai pas jusqu'à dire heureux bien sûr, mais dispos. De plus, l'agression qu'il avait subit l'avait certainement remué, avec le garçon qui se jette dans la bagarre essayant de le sauver, pour un écrivain en fin de vie, ça faisait beaucoup. Il avait repris la main, m'emmenant chez lui pour me soigner de la blessure reçue dans l'échauffourée. Non pas qu'il ait eu peur, il avait vécu des moments bien plus dangereux, mais dans cette existence de reclus qu'il s'était construite, un peu de vie et de mouvements avaient sans doute bousculé son train-train...

Ayant tout lu sur lui, je savais qu'il préparait les repas pour Lucette sachant qu'elle grignotait et s'alimentait de façon irrégulière, pour lui, hygiéniste, ce n'était pas concevable. Si la maison paraissait en désordre, c'est que Céline ne supportait pas que sa femme fasse le ménage. Avec sa gentillesse habituelle, il avait l'impression en la voyant faire ça, « de coucher avec la bonne. »disait-il….Regardant ma montre en douce, je voyais que j'avais encore du temps devant moi .Vers 18 heures, quelque soit la saison, il allait fermer les volets du sous-sol et du rez-de-chaussée .Ensuite il rentrait dans la cuisine pour le diner que Lucette prenait avec lui. C'était un atout pour moi d'avoir lu des livres sur sa vie…Je savais aussi, que le matin, Céline descendait jusqu'à la grille relever son courrier. Bien qu'il s'en défendît, il parcourait les critiques. Mais je suis sûr qu'il ne lisait rien qui ai trait à sa vie privée. Qu'aurait-on pu raconter, il ne sortait jamais…Comment aurait-il pu penser que je puisse savoir qu'il était abonné au « figaro ». Il disait qu'il ne parcourait que la chronique nécrologique, la mort des gens connus lui redonnait le goût de vivre…

On racontait qu'il cherchait dans les nouvelles, les catastrophes qu'il avait prédites. Il voyait évidement les choses sous leur angle le plus sombre. S'alarmant de l'augmentation de la débauche, du mauvais goût et de la vulgarité. Tout comme de voir certains « collaborateurs » être a nouveau en place, et de mauvais écrivains réaliser de gros tirages…Il avait eu cette réflexion superbe, parlant de certaines vedettes « il y a des femmes qui tiennent le haut du pavé, pour cela, elles n'ont eu qu'a descendre du trottoir » Un de ses sujets préférés, c'était l'envahissement de l'Europe par les hordes de l'Armée rouge .Avec un monstre comme Staline, tout et surtout le pire, pouvait arriver. Qui plus est, il n'attendait rien de ses concitoyens, leur affichant le plus profond mépris…

Et, continuant son discours, « Je ne vois pas les français changer, a moins que les tanks russes n'arrivent a Paris .Ils ne bougent a présent que la mitraille au cul, et encore pour se débiner. Mais je leur fais confiance, quand les russes seront a

Quimper, le lendemain, pour sauver leur peau, ils vireront tous communistes... »

Puis, changeant de sujet, mais toujours sur le mode négatif.

--La vie, voyez-vous, sans que je sache s'il s'adressait vraiment à moi, la vie matérielle, même en se contentant de nouilles à l'eau est devenue ruineuse. Pour des gens comme nous, les produits de base sont inabordables, alors que le superflu, la bagnole, les vacances, la côte d'Azur, tout ça fonctionne parfaitement ! Il y a tellement de voitures que Paris est devenu un garage. J'ai lu qu'il sort 600 nouvelles autos par jour. A tel point que même le sexe sensé caractériser le Français, n'intéresse plus que les touristes. Nos concitoyens veulent des autos, des frigidaires, des appartements, des lessiveuses, bref tout et le superflu .Les gens qui veulent vivre a peu près ont besoin d'un million par mois...Les ouvriers de chez Renault ont des voitures...Il y a seulement quinze ans que la guerre est finie, je n'ose penser a ce qui nous attends .Même si « parler d'avenir, c'est faire un discours aux asticots. »

-- Pour moi, le souci immédiat était de trouver comment imprimer dans ma mémoire ces phrases admirables. Sans le savoir il me faisait, par ses remarques uniques, un immense cadeau .Imaginez un sac rempli de pièces d'or tombant a l'eau. Vous allez plonger pour en récupérer le plus possible, tout en sachant que la majorité, hélas vous échappera...En écoutant Céline, c'est ce que je ressentais. La crainte horrible d'en perdre la plupart. Ne vous moquez pas, j'avais dix sept ans et une immense admiration pour les écrits de cet homme, ça me rendais malade de ne pas être capable de retenir toutes ces pensées foudroyantes. Pourquoi ne pas le dire, soixante ans ont passé, et l'émotion reste intacte. Quand je parcours « le voyage » il

m'arrive encore d'y rencontrer des perles qui m'avaient échappées jusqu'ici. Et c'est cela qui est merveilleux, après une vie d'aventures, pour le vieillard que je suis devenu, le plaisir de lire Céline est resté intact…

--En attendant, je calculais le temps qu'il me faudrait pour rentrer chez moi, a Suresnes .Monter directos dans ma chambre, pour écrire ,non pas ce qui m'arrivait, on verrait plus tard,(ça a prit 60 ans !) mais tout ce que je pourrais avoir retenu de ses monologues … Je devais me tranquilliser pour en retenir le plus possible, c'était loin d'être gagné .Trop, c'est trop, j'avais presque envie de partir, par peur de me noyer dans ces flots de paroles, de tout mélanger et en faire de la bouillie. Pas facile de jouer les innocents dans ce cas-la. Lui continuait sur sa lancée…J'essayais d'agrandir mon cerveau, d'emmagasiner ce que j'entendais. Céline n'a jamais soupçonné ce qu'éprouvait un garçon de mon âge en l'écoutant parler. J'étais mort d'angoisse, sachant que je ne pourrais jamais tout restituer.

--Il poursuivait, sans me laisser le temps de classer tout ça dans ma tête, essayer d'en perdre le moins possible. Un cadeau empoisonné il me faisait…

----Et de sa voix essoufflée, nasillarde par moments « Il faut savoir, jeune homme, qu'arriver à mon âge, c'est ne plus trouver de rôle à jouer, c'est tomber dans un état ou on attend plus que la mort, c'est ça être vieux. ». Je n'arrivais pas à croire que j'étais à ses côtés, écoutant ses vérités, sa façon de voir le monde, lui qui refusait obstinément de donner la moindre interview. J'avais lu que peu de temps auparavant, deux hommes de la télé étaient venus voir le Maître, pour enregistrer ses propos, et peut être *envisager un film sur sa vie. Réponse de Céline < je n'entretiens pas !>*

--Alors que moi, l'inexistant, j'avais le droit de boire ses paroles, sans rendez-vous, presque amicalement si j'ose dire… Je faisais mon possible pour ne pas paraître trop captivé, trop attentif , qu'il ne se doute de rien, qu'il continue de croire que j'étais là par hasard, faire le mec qui trouve le temps long, ne prêtant aucun intérêt a ses dires…Pas facile, croyez-moi a coté d'un type comme ça ! Adopter une attitude contraire a ce que l'on ressent, faut déjà être un fameux comédien.

--Heureusement pour moi, il ne me demandait pas mon avis en affirmant :

--L'analyse du dénommé Lamenais me parait pertinente quand il disait « Le peuple autrefois avait, pour patienter, la perspective du paradis, ça facilitait les choses. Le monde entier reposait sur la résignation des pauvres. » -Et bien, voyez-vous, maintenant, il ne se résigne plus le pauvre. Pour lui c'est « tout en ce monde et tout de suite » Paradis ou pas ? Tous bourgeois .Allez gouverner un petit peu dans des conditions pareilles ! C'est infernal ! La preuve c'est que personne n'y arrive plus. Bientôt, on ira encore plus loin, les gens n'en finissent pas d'être mauvais, d'en vouloir plus, y compris dans les sentiments. Il ne leur suffira pas d'être heureux, il faudra que les autres ne le soient pas. Le résultat d'une mentalité restée sordide et limitée, n'est-ce pas…

---Mais vous devez penser que vous êtes chez un fou, en m'écoutant discourir ainsi, me dit-il soudainement. Si vous aimez le livre que je vais vous offrir, il se peut que ce que vous voyez et entendez ici prennent un sens a vos yeux….Du moins, c'est ce que je souhaite. Je pense que vous êtes un bon garçon, il me semble

que les vices inhérents de notre époque ne vous aient pas atteint, pour un vieux cheval comme moi, c'est rafraichissant. Encore un peu, on pourrait croire en l'avenir .Vous m'avez fait du bien Jean Léon, je dois dire, en plus du courage qu'il a fallut pour venir au secours du débris que je suis sans en attendre rien en retour...Je me laisse un peu aller, n'est-ce pas, mais voyez-vous, nous ne nous verrons plus, alors c'est un luxe que je m'offre, en fin de parcours. Parce qu'on a beau dire et prétendre, le monde nous quitte bien avant qu'on s'en aille pour de bon.

--Le monde, Jean Léon, est un théâtre voyez-vous, et nous ne sommes plus de l'acte qui se joue Mais je parle, je parle comme un égoïste sans penser que je vous ennuie sans doute, que voulez vous, être vieux, c'est ne plus trouver de rôle à jouer, j'en profite certainement, n'est-ce pas ?

-Il se leva péniblement de son banc, et se dirigea vers la maison. Je voyais que marcher lui coûtait, surtout après l'agression qu'il avait subit. Nous étions en été, et il était couvert de pulls et gilets informes, et que dire du pantalon... Comment s'habillait-il en hiver ? Comme je restais sans bouger, il se retourna et me fit signe de le suivre. Il contourna la maison pour rejoindre la terrasse. Il y avait une sorte de fauteuil recouvert d'un vieux dessus de lit. Un vrai bric à brac avec des sièges bancals, de grandes cages pour ses oiseaux, les perroquets étant en liberté, ce qui ajoutait au fouillis de l'endroit. De grandes bâches protégeaient du vent, le tout limite crado comme le reste...Ce n'était pas fait pour recevoir, d'ailleurs je me demandais a quoi cet endroit pouvait servir. Je le vis s'accommoder dans ce qu'on peut appeler une banquette. Je restais debout, ne sachant où me poser. Céline reprenait son souffle, monter jusqu'ici lui avait apparemment été pénible. Il ne me proposa pas un siège. Le voyant ainsi, j'avais de la peine. Il souffrait je le voyais bien. Ce génie de l'écriture, lui qui avait bouleversé les lettres françaises, le plus grand écrivain du vingtième siècle, était là, devant moi, on aurait dit un clochard .Bien qu'il lui en aurait coûté de l'avouer, l'isolement intellectuel dans lequel il était confiné devait lui faire mal au moral. Sans parler du manque d'argent...L'étau de silence qui pesait sur lui, ne s'était pas desserré et lui pesait énormément. Connaissant ses prises de positions pour le moins mal venues, même moi, qui l'admirai, je ne pouvais pas vraiment le plaindre. Avoir pitié, oui...

---Jeune homme, je suis ce qu'on peut appeler un écrivain maudit. A qui la faute ? A moi ? Encore faudra-t-il me le prouver...La guerre a brûlé les uns, réchauffé les autres, comme le feu torture ou conforte, selon qu'on est placé dedans ou devant .Faut se débrouiller, voilà tout .Et c'est ce que je suis en train de faire. Je suis coloriste de certains faits qu'il m'est arrivé de vivre, un styliste, en quelque sorte n'est ce pas...

-Souvenez-vous, Jean Léon, avec l'âge qui est là, on a plus beaucoup de musique en soit pour faire danser la vie...La vérité de ce monde, c'est la mort ! J'ai horreur du monde moderne et de cette publicité pour vendre des objets bien souvent inutiles...Retenez ceci, tout le monde a la conscience qui flageole, petites saloperies pas ci, un vol par là...y a pas de honte ! La honte, c'est d'être pauvre...la seule honte ! Pour le reste, ce n'est jamais la place qui manque pour faire des conneries...À commencer par cette prétention au bonheur qui fait courir le monde...une énorme imposture qui complique toute la vie. Qui rends les gens si venimeux, crapules infects...Y a peu de bonheur dans l'existence, par compte il y a des malheurs plus ou moins grands, qui arrivent plus ou moins tard...Je l'ai toujours su, ayant eu très tôt un gout animal pour le retrait, avec le cœur trop compliqué pour aimer longtemps me condamnant a vivre éternellement seul…

-J'écoutais, essayant éperdument de retenir ce que j'entendais avec la peur affreuse que la fatigue le prenne et qu'il s'arrête de parler .Je vivais des moments inoubliables, et j'en étais conscient. Plus tard, rentré chez moi, je me suis jeté sur un cahier pour essayer d'écrire le plus possible tout ce que j'avais eu la chance d'entendre, même n'importe comment, phrases sans suite, réflexions qui jaillissaient de ma tête, n'importe quoi, n'importe comment…Une véritable frénésie..Combien de temps ça m'a pris ? Aucune idée. Je me suis arrêté quand je n'avais plus rien à dire, après avoir vidé mon cerveau de toutes ces paroles magiques que j'avais pu retenir…C'était un cahier assez gros, robuste, rouge avec en couverture, un mec tirant une flèche, c'était marqué « Héraclès »Je l'ai fermé avec du scotch, peut être par peur que ces trésors ne s'échappent, et je l'ai rangé dans ma table de nuit… J'y prenais soin comme a la prunelle de mes yeux surtout lors de chaque déménagement, et Dieu sait qu'il y en eu beaucoup…En France, mais aussi en Amérique du sud et en Espagne .Et puis un jour, le bulletin célinien auquel j'étais abonné, annonçait les soixante ans de la mort de Céline. Permettez-moi cet aparté qui me tiens a cœur .Il fut enterré discrètement pratiquement sans échos dans la presse. Silence accrut par l'annonce de la mort du célèbre Ernest Hemingway, prix Nobel de littérature qui s'était suicidé le même jour. Son livre, < l'adieu aux armes> reste le seul ouvrage qui me tira les larmes .L' histoire d'un jeune américain engagé volontaire dans les ambulances durant la première guerre mondiale sur le front italien, qui s'éprends de son infirmière. Ensuite, avec elle, enceinte, ils tentent de passer en suisse où le destin les attend.

--Mais enfin, rien de comparable avec Céline. Ceci pour dire qu'il n'y avait pas de place pour annoncer la mort d'un écrivain maudit, vivant sans ressources, loin des récompenses, seulement livré aux outrages. Il fut inhumé le quatre juillet au cimetière de Meudon, il n'y avait pas trente personnes pour accompagner le plus grand écrivain du vingtième siècle ! Il pleuvait et le curé, ne pratiquant pas le pardon sensé être le fondement de sa religion, avait refusé de lui administrer l'eau bénite !

--Il m'apparu que le jour était venu d'ouvrir ce précieux cahier, fermé depuis si longtemps, et renfermant les idées et émotions d'un garçon de dix sept ans. Je me mis au travail, armé de ma seule volonté et sans savoir ou j'allais ni pourquoi, j'ai commencé par classer tout cela, .Je voulais faire connaître ces propos que la chance et mon admiration avaient pu retenir.

--Pour le moment, j'étais avec Céline, ce qui parait simple a dire, mais en réalité c'était exceptionnel .Fort heureusement, j'en étais conscient, ce qui me rendais fébrile…

-Avez-vous idée de ce que vous ferez plus tard ? Me demanda-t-il a brûle pourpoint. Racontez moi, il y a si longtemps que la vie de mes concitoyens ne m'inquiète guère

--Il n'y a pas grand-chose à en dire docteur, j'ai bien peur de vous ennuyer, ça n'a pas beaucoup d'intérêt, surtout aux yeux d'une personne comme vous. Un médecin qui écrit des livres, et qui sans doute a connu toutes sortes de choses… Déjà, un écrivain, je n'en avais jamais connu…

-C'est moi qui vous le demande Jean Léon, dit-il.

-J'ai une sœur et un frère tous deux plus âgés. Ma sœur est mariée. Elle a trois enfants et tient une charcuterie dans le jura. Faut dire, Monsieur, que dans ma famille, nous sommes tous charcutiers. Ma mère à deux sœurs et mon père deux frères, ça fait six charcutiers .Maintenant avec ma sœur, ça fait sept. Ça va être pareil pour mon frère et moi. Ce n'est pas une fatalité vous savez, c'est un métier, quand il est bien fait, qui vous permets de vivre confortablement, si on se donne du mal évidement .Par compte, je ne veux pas d'une vie de sacrifices comme celle de mes parents. -Sans critiquer voyez-vous, mais à un écrivain je suppose qu'on peut avouer ces choses là. Et vous m'avez dit que l'on ne se verrait plus après cette journée .Alors sans vous froisser, je dois vous dire comment je vois mes parents Des petits commerçants qui ont réussi et qui se veulent bourgeois .Mais bourgeois, ça n'a rien a voir avec la réussite d'un commerçant .Le père de mon meilleur ami est médecin a La Varenne, où mes parents tenaient une charcuterie avant de s'installer a Suresnes .Les deux familles se connaissaient, sans toutefois se fréquenter, mon père et son père étant du même village dans le Pas-de-Calais .Mes parents ayant déménagé, ils, m'ont accueillis chez eux , pour que je puisse terminer l'année scolaire avec leur fils, sans avoir a changer d'établissement. J'ai vu comment vivent les vrais bourgeois, et ce n'est absolument pas péjoratif. Rien a voir avec la façon de vivre d'un commerçant, même « à l'aise » , ce dernier existe médiocrement, sans mépriser les ouvriers, mais souffrant d'être trop prés d'eux tout de même. Les commerçants, comme ma famille sont des gens honnêtes et travailleurs, très stricts afin de justifier les privations qu'ils croient devoir endurer.

--Dans ce milieu le mariage ne nécessite pas l'amour fou, mais une amitié conjugale nécessaire au bon fonctionnement d'une vie fondée sur le travail. Si un commerçant vous parle de sa richesse intérieure, il veut dire par là que son argent se trouve dans un coffre. -Ce n'est pas vraiment une ambiance de liberté, surtout pour un jeune, mais quelque part, je pense que ça prépare pour les inévitables embûches du futur. Le plus dur, dans cette façon d'être, c'est la quasi impossibilité d'avoir une vie sexuelle aussi médiocre soit-elle..Quand je vois mes copains, les fins de semaine, rentrer chez eux a pas d'heure, moi qui dois être à la maison à 20 heures... Par chance, j'ai découvert la vraie liberté sexuelle dans le Nord, mes parents m'avaient généreusement autorisé a y rester quelques jours dans la famille de mon père. En fait, c'était la semaine de pâques, j'avais droit a trois jours de vacances, j'y suis resté 3 semaines. La punition fut à la hauteur du crime, mais ça valait la peine. Je suis désolé, Monsieur, mais comme vous le voyez, ma petite vie n'a rien d'intéressant.

--J'allais oublier ! La passion pour l'histoire des Incas, je lis tout ce que je peux trouver a ce sujet .Je dois vous avouer que cet engouement je le dois a Hergé avec son album « tintin Le temple du soleil » J'allais au catéchisme, et pour être sûr de nous faire revenir la semaine suivante, l' abbé a la fin du cours, nous passait les aventures de Tintin, c'était des épisodes, ça nous tenait en haleine, et ça nous donnait envie de voir la suite .Malin de sa part. -Je rêve de pouvoir aller un jour au Pérou ou en Bolivie, me baigner dans ces mystères devenus des légendes pour certains. Ne disposant pas de l'écriture, leur histoire s'est transmise oralement...Je suis fasciné par l'inhumaine beauté de leurs constructions. Des rêves de pierres. Pardonnez-moi de me montrer exalté, mais je crois qu'on ne peut aimer sans passion.

--IL y a cette citation de Malraux < Tant d'œuvres que nous admirons comme œuvres d'art et qui furent crées par des hommes pour lesquels l'idée de l'art n'existait pas > Je trouve que c'est tout a fait applicable aux édifices Incas .Que vous dire d'autre Monsieur ? J'adore mon frère, pour sa beauté tant physique que profonde ,il ressemble a ma mère, une femme aux trais fins, mon père étant plus rustique....J'ai une mère autoritaire, de petite taille, et malheureusement atteinte d'une forme de tuberculose non contagieuse, mais avec trente huit de fièvre dès le matin...De ce fait, je ne supporte pas d'entendre quelqu'un tousser Je ne sais pas si c'est avoir le goût du sacrifice, mais le matin, dès sept heures, elle est dans sa boutique...Ce qui n'est pas vraiment nécessaire, ayant trois vendeuses pour l'aider, elle pourrait arriver plus tard. Pour moi, ça ne sert qu'a plomber la journée ,du coup, l'ambiance s'en ressent...Contrairement a mes frère et sœur, je m'arrange avec tout ça, et n'en souffre pas trop .Faudrait pas croire que nous sommes malheureux, nos parents nous aiment et nous protègent, comme il se doit, a leur manière, certainement peu adaptée a l' époque...Chez nous, on ne parle pas d'argent. On ne connait pas ce qu'on appelle les problèmes de couple. Les adultes, donc les parents, ont leur vie, les enfants la leur .On ne mélange pas et c'est très bien comme ça. Chacun son rôle, les parents assument, les enfants obéissent. Il se peut que la barre soit mise trop haute...Ce que je pense, Monsieur, l'éducation que l'on reçoit n'est pas adapté a une vie de commerçant...Pourquoi avoir envoyé ma sœur a l'institut Jeanne D'Arc, chez les sœurs, pour la mettre a 16 ans a la boutique a couper du jambon ? Dans un milieu pareil, c'était une proie facile pour le premier guignol qui passe. Et c'est ce qui est advenu...Rien de grave, elle se maria avec un charcutier et elle dû s'adapter, lui, bien sûr en était incapable. Même histoire, avec mon frère, trop bien éduqué, tout ceci, quoiqu'en pensent mes parents fut une erreur… Voila, Monsieur, j'espère vous avoir répondu comme il faut, si je continuais, j'aurais peur de vous déranger…

--Je n'étais rien qu'un môme de dix sept ans et je parlais a Céline ! Quand on pense que Monsieur Marielle avait fait le pèlerinage a Meudon, espérant échanger quelques mots avec lui, arrivé a la grille, il n'osa pas sonner .Je sais que je l'ai déjà dit, mais c'est pour souligner ce que j'étais en train de vivre !

--Je vois des similitudes avec la façon dont je fus élevé, me dit-il. Je comprends ton état d'esprit, mais vois-tu, mon garçon, quoiqu'on en dise, « c'est toujours par hasard qu'on accomplit son destin ». La vie t'appartient encore, tu apprends un métier entouré de gens qui t'aiment et te montrent la voie. Ce n'est déjà pas si mal ! J'ai peur qu'il n'existe plus beaucoup de familles comme la tienne .Si je m'avisais à raconter ma jeunesse, sûrement qu'on me demanderait où j'ai garé ma soucoupe volante tant je leur paraîtrais venir d'un autre monde De nos jours, les apôtres deviennent rares, tout le monde veut être Dieu, c'est ce qui ne va pas.

-Il se leva et me dit ; faisons quelques pas. Décidément, comme disait un golfeur Argentin a la radio < à mon âge, je suis plus prés du trou que du tee > étant curieux comme une pie, j'ai pris un dictionnaire pour chercher le sens de cette phrase..Je ne risquais pas d'avoir compris, comme vous vous en doutez, le golf est assez éloigné de mon univers. Il en ressort que la formule est amusante, originale et bien vue…On devient rapidement vieux et de manière irrémédiable encore, c'est bien tard pour tout à présent. Regardez comme il m'en coûte rien que de marcher…Voyez-vous mon jeune ami, un de mes grands regrets, c'est qu'il m'a toujours manqué ce qui fait un homme plus grand que sa propre vie. Tout simplement l'amour de la vie des autres.- En vieillissant on finit par se réjouir de pas grand-chose, du peu que la vie veut bien nous laisser de consolant.

-Je ne savais pas quelle attitude adopter, je voyais un homme qui souffrait dans sa chair .Il y avait probablement une part d'exagération dans son comportement et sa façon de s'habiller avec son pantalon sale , deux pull troués et une peau de mouton par-dessus .La braguette ouverte pour couronner le tout ,, mais le voir ainsi, ce n'était pas du théâtre .Dans le même temps, je me demandais ce que j'allais faire une fois rentré chez moi. Je vivais des moments sans pareils, inoubliables.. Il fallait que je les partage, impossible de les garder pour moi. Je pensais a l'anecdote racontée par St Exupéry rendant visite a un couple ayant choisi d'exercer au Sahara, pour aider les populations. Jeunes mariés, médecins tous les deux, ils réalisaient leurs rêves. Un soir, installés avec installés tous les trois sur la terrasse, admirant le spectacle du soleil se couchant derrière les dunes de sable, St Ex ne pu s'empêcher de leur dire < Vous respirez le bonheur, c'est magique !> Alors ses amis lui firent cette réponse< C'est vrai, seulement il nous manque quelqu'un a qui le dire >

--A qui raconter ce qui m'arrivait ? C'était trop grand, trop fort, trop lourd pour ma petite personne .Avec qui partager ce miracle, il me faudrait au moins quelqu'un capable de comprendre ce que je venais de vivre. Je ne voyais que mon frère, hélas il était pour quelques jours en permission avant de repartir en Algérie ou il faisait son service militaire …Ma mère pourquoi pas, si parler de Céline n'eut-été rédhibitoire après qu'il eu publié ses pamphlets..En attendant, j'étais condamné à garder ces moments magiques pour moi. Ce qui explique le fameux cahier. Comment n'ai-je pas pensé à mon prof d'Anglais qui peut-être involontairement me l'avait fait découvrir. Sans doute n'était-il plus au même lycée, en tous cas, l'idée ne m'en ai pas venue. Loin d'être un secret, j'aurais voulu le crier sur les toits. Quoiqu'à la réflexion, cela eu fortement déplu à Céline qui détestait que l'on parle de sa vie privée, avec en plus, le sentiment forcement désagréable d'avoir été trompé sur toute la ligne...En fait, bien que ce ne fut pas mon choix, ça c'est avéré être la meilleure solution.

--Il devait être fatigué, car il murmurait à présent des phrases incompréhensibles, décousues, lâchant des cris, des mots, se déliant comme un serpent. Je m'aperçu qu'il s'était mis à boiter, il avait le souffle court, avec des rires forcés montrant ses dents gâtées...Il se dirigeait vers son bureau, lequel, a mes yeux ressemblait de plus en plus à un zoo. Le perroquet qui siffle, les chiens qui aboient, les chats sautant, griffant, arrachant le tissu des coussins, et que dire des piafs pépiant dans des cages qui encombrent la pièce. Je commençais à m'accoutumer au spectacle, me sentant plus a l'aise qu'en arrivant.

--Se retournant avant d'entrer, d'une traite il me dit ;

--N'ayez pas peur mon petit, mais faut que ça sorte, vous êtes là, tant mieux ou tant pis, vous n'êtes pas obligé d'écouter. Pour tout dire, c'est mieux ainsi. -Je rentre, les vieillards refroidissent plus vite que tout le monde, vu qu'ils sont déjà presque froids, n'est-ce pas.

-L'autre jour, deux savants personnages sont venus me poser des questions sur Rabelais. Pourquoi me demander ça a moi ? Pourquoi pas a Brigitte Bardot, de toutes façons ils se foutent des réponses, vu qu'ils les ont déjà dans leurs têtes…Au moins, la Bardot a un beau cul, ça fait vendre…

--Eux, ce qu'ils voulaient, c'était me comparer a Rabelais. Vous avez le même langage qu'ils disaient ces cons..Vous voyez, Jean Léon, si je me mets dans cet état, c'est que soudainement, sans savoir pourquoi, je repense à leurs questions imbéciles .Je leur ai longuement répondu, puisqu'ils étaient venus pour ça, et qu'il faut bien que je vende mes livres, mais je pense que mon avis, dans le fond, ne les intéressait guère. La seule chose que nous avions en commun, avec Rabelais, c'est qu'il mettait sa peau sur la table, et qu'il travaillait comme un galérien. Contrairement a ce qu'on a dit, ce n'était pas un bon vivant. En plus de la noblesse, il avait le clergé au cul…J'ai eu je crois le même vice que lui, n'est-ce pas, j'ai passé mon temps à me mettre dans des situations désespérées, a me rendre odieux. Alors voila, je n'ai plus rien à attendre des autres. Ici encore, a Meudon, tous, a commencer par le Maire veulent ma peau. On va jusqu'à mettre des ordures dans ma boite aux lettres.

--Le livre que vous allez emporter s'intitule « le voyage au bout de la nuit » peut-être en avez-vous entendu parler .Ce livre, m'a pris plus de quatre années de travail, tout en continuant d'exercer mon métier de médecin, je l'ai écrit dans le but de gagner suffisamment d'argent pour pouvoir m'offrir un appartement. Oh pas de un truc de riche, mais pour en finir avec la peur du terme. Voyez vous, dans ce temps là, c'était l'angoisse pour toutes les petites gens..Pour le livre, ça ne s'est pas passé comme je pensais, vous apprendrez tout ça, si vous êtes un peu intéressé par le texte…Ensuite, il faut bien le dire, j'ai continué d'écrire, surtout pour rendre les autres illisibles. C'était bien prétentieux de ma part, n'est-ce pas ? L'écrivain original n'est pas celui qui imite personne, mais celui que personne ne peut imiter.

--Mais je suppose qu'à présent c'est trop demander aux français. On les dit Cartésiens, en réalité, ce sont les esprits les plus tordus du monde ! Pire encore depuis la déculottée de quarante..On ne s'en remettra jamais .La France, voyez-vous, a perdu la face, comme disent les nippons, aucun pays ne nous prends plus au sérieux, et surtout, plus personne n'a peur de nous. On s'étourdit dans le bla–bla, la bagnole et la vinasse, n'est-ce pas. Le malheur, c'est que beaucoup se croient encore sous Louis quatorze, voir Napoléon. Il ne nous reste que les monuments...En quatorze, l'armée française était renommée comme étant la plus puissante du monde, voyez Verdun. Aussi quand Hitler parla d'envahir la France, ses généraux qui se souvenaient de la pâtée qu'ils avaient reçu en quatorze, tentèrent de l'en dissuader, prévoyant un désastre...Hélas, dans sa mégalomanie, l'autre fou ne voulu rien savoir. Résultat, non seulement nous étions humiliés, mais du coup le haut commandement Allemand le vit comme un génie visionnaire...Il ne faut jamais s'occuper de ses voisins, surtout si c'est pour leur bien. Au lieu de suivre ce conseil, j'ai voulu avertir les français de ce que je voyais venir .J'aurais mieux fait de rester dans mon coin, mais il faut croire qu'on devient agaçant d'avoir souvent raison.

--Mon Dieu, pensais-je, comment faire pour me souvenir de tout ce que j'entends ? Je vais tout mélanger, comment trier ? Tout cela va faire une bouillie de mots ne voulant rien dire...-Il continuait à marmonner, j'entendais a peine ce qu'il disait.

--Je tarde un peu à décéder, disait-il, j'en connais qui souhaiteraient accélérer le mouvement. Ce n'est pas que la mort me fait peur, mais si ça peut les emmerder, je vais essayer de tenir encore un peu. Tout ces soi-disant écrivains qui, eux vendent des millions et roulent en voitures de luxe comme Françoise Sagan, tous auront disparus des mémoires aussitôt morts. Il se peut que moi, je dure un peu plus longtemps. Dommage que mes bouquins se vendent moins bien, et c'est une litote ! L'écriture, Jean Léon, voyez-vous, c'est a la fois simple et atrocement difficile. La magie n'est pas dans les mots, elle est dans leur juste touche, comme la musique, n'est-ce pas.

--A présent on écrit sans aucun raffinement. Bien sûr, c'est moins de travail, mais ce sont des copies de bachot, ni plus ni moins .Ils font lourd, de la brutalité, du sexe, et voilà. Et ça se vends...Alors que le raffinement demande une terrible ténacité et énormément de travail .Ajoutez a cela de la passion, pas de l'amour, l'amour, c'est passager, la passion c'est pour la vie. Une grande passion ne s'éteint jamais, et il n'y a qu'une façon de la vivre, alors qu'il en existe plusieurs pour vivre ses amours.

--Qu'en dîtes-vous, Jean Léon ? Ne soyez pas décontenancé, faut prendre les choses comme elles sont, on a parfois la surprise de les voir remplies de poésie -Grace a vous, je viens de vivre quelques heures agréables. Non seulement vous m'avez tiré d'un mauvais pas en me sauvant de cette basse peuplade de voyous pervertis. On dirait que nos rues sont devenues un hideux ramassis de furies foireuses. Car enfin, vous étiez seul avec votre courage pour les mettre en fuite...Tout ce qu'ils ont trouvé ces larves a bistrots, vous lancer un pavé en se sauvant...Charognes irresponsables

--Voyez-vous, je pense ne pas me tromper en vous demandant non pas d'oublier, mais de garder pour vous ces quelques heures *que nous avons partagées. Je vous en sais capable. Décidément ce sera encore un service que vous me rendrez ! Et c'est pourquoi il ne faudra pas en vouloir au vieux bonhomme que je suis de ne pas vous écrire quelques mots a l'intérieur du bouquin que je vais vous donner. Ce n'est pas de l'ingratitude, mais de la prudence, et je vous sais suffisamment intelligent pour le comprendre. Si ce n'est tout de suite, ce sera plus tard. Je me doute que l'après-midi que vous venez de vivre ne fût pas telle que vous l'espériez .En ce qui me concerne, elle restera un joli moment de fraicheur. Vous me comprenez, n'est-ce pas, Jean Léon.*

--En attendant, je pense qu'une tasse de ce breuvage infect qu'on nomme thé, vous fera patienter .L'Angleterre ayant toujours été un pays qui se refusait à accepter la nature humaine, d'où leur haine ancestrale a l'égard des français. Ces derniers étant d'ailleurs assez cons pour vouloir les imiter, en commençant par peupler leurs phrases de mots anglais, pensant sans doute que ça fait « chic ».—J'ai vécu là-bas, je parle anglais couramment vous savez, je ne m'y suis jamais sentis a l'aise. Pas plus qu'en Amérique en Russie en Afrique ou ailleurs. Le français est devenu un « assuré social », rien à attendre de ce coté, mais la France, c'est tout de même ce qui s'est fait de mieux. Le danger, c'est que les autres voudraient bien y vivre. Si chez nous les bourgeois rêvent de l'Amérique et les travailleurs de la Russie, les étrangers, eux, rêvent de la Touraine .Ils savent bien qu'on y vit mieux que dans l'Amérique profonde ou qu' en Manchourie.-En parlant de l'Amérique, je ne connais rien de plus sinistre .Un pays dépourvu de vie profonde, ou le dieu dollar règne en maitre. Ils ont le bonheur du crustacé, tout, tout de suite, pourvu que ça brille et que ce soit bruyant. La Russie, c'est l'aliénation de l'homme vidé de son moi et de ses fantasmes....En somme peu de différences, si

on y regarde de prés..L'Afrique, c'est le climat qui vous tue, ce n'est pas fait pour l'homme, tout y est démesuré, les insectes, les animaux, la végétation...L'être humain s'y trouve dépassé, c'est la guerre permanente déguisée en carnaval. L'Europe, ma foi, on connait à peu prés. Trop chaud, trop criard au sud, pays d'aubergines. Trop froid, trop triste au nord, pays d'endives...

--Vous devez trouver mes paroles bien pessimistes, Jean Léon, heureusement qu'a votre âge vous n'avez pas la même vision du monde .Voyez-vous, je suis anarchiste depuis toujours .Je ne crois pas aux hommes. La haine de tout ce qui les dépasse, de tout ce qu'ils ne comprennent pas. Ils sont aussi capables de rabaisser, de détruire, de salir le principe même de la vie que les plus bas crétins du moyen-âge, qui en comptait pas mal... Ils sont humains comme la poule vole...Plutarque disait < Il ne se trouve pas d'aussi grande distance de bête a bête, que d'homme a homme.> Vous êtes trop jeune, et de plus, ce serait déplacé de vous parler des femmes, laissons la vie s'en charger .Sachez cependant que je ne les ai pas beaucoup admiré, et je pense en avoir connu suffisamment...Les femmes et les montres sont rarement a l'heure qu'on voudrait. Pour elles, la liberté, c'est de contredire. Elles sont étonnantes, ou elles ne pensent à rien, ou elles pensent à autre chose. Le péché leur est nécessaire pour conserver un contact avec le rêve. C'est à peu prés la seule excuse que je leur trouve. -Lisez mon livre et que l'argot ne vous arrête pas.

--De ce coté-la, Monsieur, c'est plutôt ce qui m'attirerais, répondis-je.

--Ils nous font chier avec l'argot, continua-t-il, comme s'il n'avait pas entendu ma remarque. On prend la langue qu'on peut, et on la tortille, elle jouit ou ne jouit pas..C'est le pageot qui compte, pas le dictionnaire. Mais attention aux trafiqueurs d'argot qui sentent l'impuissance... -Encore un avis avant de vous laisser. Vous m'avez dit avoir eu quelques expériences sexuelles en province...Que ça ne vous affole pas .On en fait toute une histoire et c'est bien exagéré. D'ailleurs c'est vite passé .Et je trouve qu'il y a assez de véritable misère dans ce monde pour ne pas chagriner en plus le cul, qui n'en demande pas tant ! Qu'il soit pure gaîté, parfait plaisir, ou qu'il nous foute la paix. Balzac disait<Parler d'amour, c'est faire l'amour >D'où peut être toute cette littérature américaine étalant le sexe a longueur de pages. Parce que, les mangeurs de chewing-gum questions prouesses de sommier, ce ne sont pas des épées .A peine des canifs...

--Je voulus mettre mon grain de sel en lui citant une maxime de mon père < Ça vous passera avant que ça me reprenne>

--Bien vu, répondit Céline.

--J'aurais tellement aimé dire a mon père que Céline avait apprécié ses paroles. Mais connaissant l'opinion de ma mère au sujet de cet écrivain, il était peu probable que je m'y risque .En effet ,m'ayant vu avec un livre de Céline, ma mère me l'avait assez brutalement ôté des mains, jugeant ce genre lecture tout juste bon a allumer un feu de cheminée .Elle avait lu Céline avant la guerre. Faut dire que c'était une grande lectrice, en témoignait la bibliothèque que nous avions a la maison .Elle n'avait pas toléré ses prises de positions pendant le conflit, sa fuite en Allemagne, puis au Danemark, ou il s'était refugié pour échapper à la justice française. Sans parler des pamphlets comme j'ai déjà dit.

--Grace a un habile tour de passe-passe , son avocat, Tixier Vignancourt avait donné son vrai nom au tribunal, Docteur Destouches, le juge, peu au fait des questions littéraires, l'avait acquitté, après l'avoir condamné a l'indignité nationale et la confiscations de tous ses biens. Céline, nationaliste, avait été très touché par la première sanction…. Il s'en sortait, et pour ma mère, c'était inacceptable. C'était un traitre, rien que ça, un collabo, un vendu, bref un français renégat…Jetant l'ouvrage au panier, elle avait eu cette phrase étonnante < on ne lit pas Oradour-sur-glane !> Il n'y avait plus rien à dire. J'allais rentrer chez moi, sans pouvoir raconter ce qui venait de m'arriver. Et ça, c'était impensable, inhumain. En un mot, au-dessus de mes forces et de mes capacités--.Mais que faire, je ne voyais pas !

--Voila, Jean Léon, j'ai pris du plaisir en votre compagnie, me disait-il, je me doute, que ce ne fut pas votre cas..Faîtes-vous plaisir, lisez cet ouvrage, tel que je vous vois, il se peut que cela bouscule vos habitudes de liseur. A présent, les gens écrivent façon Anatole France, trop écrivain, trop lettrés. Et aussi, il y a ceux qui écrivent feuilleton quand on veut du grand public, ranimer les grands sentiments. Mais à écrire de la vacherie, surtout avec du style, alors on ne se fait que des ennemis, et on ne vend rien du tout. Ecrire nécessite énormément de travail, et ce n'est jamais fini. Le truc, ne pas s'imaginer qu'on a raconté, faut ressentir ce qu'on a seulement ressenti sinon ça ne marche pas.

-- <On ne contente personne> prétendait La Rochefoucault. Beaucoup plus modeste, je n'essaye même pas. Si tous les êtres humains étaient éduqués comme vous , Jean-Léon, la terre serait très habitable .Croyez-le vous pouvez être fier de vos parents .Ils vous donnent une belle éducation. Je vais me *remettre au travail. J'ai un livre à terminer, le dernier sans doute .Attendons un peu, c'est l'heure ou les grenouilles sortent du cours de danse avec ma femme. Elle voudra vous saluer, et je vais lui demander d'aller chercher le livre que je vous ai promis. Du reste les voici.*

--.Il y avait une douzaine de femmes et de jeunes filles de tous âges et de tous milieux. Quelques unes accompagnèrent Lucette jusqu'à nous, par curiosité je suppose, n'ayant pas l'habitude de voir Céline hors de son bureau et qui plus est conversant avec un jeune homme. Sa femme, s'approcha et, me tendant la main, me remercia a nouveau, me demandant si j'allais tout a fait bien, se permettant même, avec un sourire, de souligner qu'il ne pouvait en être autrement après avoir été soigné pas son mari. Devant la curiosité affichée des autres personnes qui étaient avec elle, Lucette expliqua ce qui s'était passé dans l'après-midi, où j'avais été blessé en venant courageusement au secours de son mari malmené par des voyous sur le chemin de la maison. Le médecin qu'il était m'avait emmené à son cabinet pour soigner ma blessure. Je regardais Céline, et comme il fallait s'y attendre, je le vis contrarié par cette petite intrusion dans sa vie privée. Avec une curiosité bien légitime, les élèves voulurent en savoir plus. Lucette, ne voulant pas importuner son mari, mais se sentant obligée d'expliquer les faits, raconta brièvement l'événement. Du coup, j'avais volé la vedette à Céline, si je peux dire, c'est vers moi que les regards se dirigeaient. Mais bien sûr, avec retenue, la présence du Maître tempérant les inévitables indiscrétions.

--Je ne savais pas quoi dire, ni quelle attitude adopter. Apres tout, il était normal d'être intimidé en présence de Céline. Mais en ce moment, ce qui retenait mon attention, c'était une jeune fille se trouvant aux cotés de Lucette, et qui me regardait avec

me semblait-il beaucoup d'intérêt .Quelque chose venait de se passer Quant a moi, j'étais dans une bulle, depuis que j'avais vu son visage. Tout autour, les gens avaient comme disparus .Je n'entendais ni ne voyais plus rien d'autre que cette jeune fille, j'aurais d'ailleurs été incapable de la décrire, ne remarquant ni la couleur de ses cheveux, ni sa taille, ni même sa silhouette .Je devais avoir l'air ballot. Combien de temps ça a duré ? Il a fallut que ce soit Céline, en posant sa main sur moi, qui me ramena sans s'en douter a la réalité.

--Eh bien, vous les avez épatées les grenouilles, n'est ce pas Jean-Léon ! Me dit-il. C'est mérité, pas de honte à avoir mon garçon .Il commença a me raccompagner en s'appuyant sur mon épaule, lui, le génie littéraire du siècle, l'homme qui avait réussi l'impossible, faire revivre la langue française, lui donner un second souffle, là où tous les autres continuaient à ramer dans la même direction. Alimentant par là le dicton disant que <seuls les poissons morts suivent le courant> !

-- Une sorte de brume tombait, nous étions entourés par ses chiens. Je me rendais compte que la chaleur ne lui convenait pas. Je l'aurais vu plus à l'aise en automne, quand la nuit tombe, sur un trottoir de banlieue, sorte de fantôme irréel. Mais ca faisait partie de mes élucubrations. Arrivés à la grille, je le regardais éperdument sachant ne plus jamais avoir cette chance. C'était un moment douloureux à vivre, comme un cercueil que l'on referme. Je vivais là des instants extraordinaires mais sans cette peine qui fait pleurer. C'était autre chose, plus fort peut être. Au dernier moment, crispant légèrement sa main sur mon épaule, il me dit.

--Vous êtes bien armé pour la vie, Jean-Léon, et c'est tant mieux, car voyez-vous, il y a trop de choses à comprendre en même temps.

-Je le regardais partir, il se trainait en boitillant, sautant d'une pierre sur l'autre dans l'allée, ayant visiblement du mal à regagner sa maison.

--Je venais de vivre des instants rares, j'en étais encore ébloui.

Tu n'es plus là où tu étais, mais tu es partout là où je suis.

V.Hugo.

<u>*Nicole*</u>

C'est alors que j'entendis crier, levant les yeux, je vis Lucette qui me faisait des signes en haut du jardin, et aussi, une personne qui courrait vers moi. Cette dernière me rejoignit, a peine essoufflée, tenant un livre a la main.

-- Madame Almanzor m'a donné ça pour vous, me dit elle

--.Trop perturbé avec tous ces événements, j'avais oublié. C'étaient deux cadeaux que je recevais, et je dois dire que depuis un quart d'heure, le livre m'intéressait beaucoup moins… C'était trop, Céline et le rêve, ça faisait beaucoup. Il y a des moments dans la vie où l'on aimerait être d'avantage que l'on est.. Plus fort, plus intelligent, plus beau, plus tout, pour faire face aux événements et on se rend compte, qu'on est resté petit, en tous cas pas a la hauteur pour accueillir ce qui vous arrive .Je n'avais pas encore parlé que j'avais déjà peur de la perdre, certain qu'on est de ne pas faire le poids…Sans aucune gêne, je la regardais enfin, détaillais serait plus juste…Elle était grande pour une fille, et belle, mais belle !!! Tout en elle me plaisait infiniment .Son visage, ses yeux, ses cheveux tombant sur ses épaules, son corps gracieux que l'on devinait sous des habits sérieux, son pull bleu, tiré juste comme il faut, sa jupe plissée cachant de jolies jambes de danseuse. Au début des années soixante, les jeunes filles étaient habillées comme des jeunes filles, on devinait, on ne voyait pas. Par chance, toutes ces petites préoccupations inutiles ,comme le désir de paraître plus que l'on est ,aussi bien intellectuellement que   financièrement ,ou exhiber une voiture qui, faut bien le dire fait son effet sans que l'on fasse le moindre effort, quand on a dix sept ans, tout cela n'existe pas , ça viendra plus tard…Mon cerveau n'avait pas encore assimilé ce qui m'arrivais , j'essayais péniblement de descendre de mon nuage, pour lui tendre la main, me présenter ,et dans la foulée, lui demander son nom. Plus, c'eût été quand même un peu trop pour moi. Plus tard, dans la vie, j'ai compris que les filles étaient bien plus dégourdies que les garçons, bien qu'elles soient suffisamment malignes pour le cacher. Calmement elle m'apprit qu'elle s'appelait Nicole, Nicole Dossa, et qu'elle habitait dans les citées jardins a Suresnes… Quand je lui dis que c'était là que je vivais aussi, la route, soudain était dégagée, on était en confiance, on pouvait passer aux détails. Elle allait au lycée Hoche a Versailles, son père était colonel, elle avait un frère qui jouait du piano et qui s'appelait Jean-Pierre. En fait, elle habitait dans l'immeuble derrière chez moi. Aujourd'hui le bon Dieu me gâtait .Le bonheur, c'est rare, mais pas compliqué. Nous sortîmes de la maison, chercher quoi… ? Ben nos vélos, un miracle de plus ! Ils étaient posés avec d'autres dans le virage avant le chemin de terre. Je trouvais tout ca normal, pourquoi donc quelque chose viendrait gâcher ces instants d'un bonheur tout neuf. Sans comprendre ce qui m'arrivait, alors que j'étais tout simplement devenu amoureux, rien d'autre n'avait plus d'importance. Nicole, je plaçais son prénom dans chaque phrase, c'était la parole la plus belle à entendre, et je ne m'en lassais pas.

--On reprit nos vélos, et direction Suresnes...Elle m'appris qu'elle venait ici tous les jeudis non seulement pour la danse, mais aussi pour pratiquer la < méthode Almanzor>, une invention basée sur la respiration. Sa mère avait entendu dire que ça pouvait soulager l'asthme dont elle souffrait. Quatrième miracle de la journée, je souffrais du même mal, heureusement sans jamais penser prendre des cours de danse ! Nous parlions de tout, nous saoulant d'un bonheur qu'on ne comprenait pas. Nous finîmes malheureusement par arriver chez nous. C'était le moment de rentrer, pour elle comme pour moi. Avec cette espèce de brume et l'heure entre chien et loup, nous nous sentions protégés. Descendus de vélo, d'un seul coup, on ne savait plus quoi faire, on était bêbêtes, comme mal a l'aise, ne sachant quoi faire, mais devinant malgré tout qu'on ne pouvait pas se quitter comme ça. Alors ça s'est fait naturellement, c'était une évidence, aucun calcul là dedans. Je l'ai prise dans mes bras, l'ai serrée très fort et nous nous sommes embrassés. C'était un baiser d'amour, un baiser qu'on se donne lorsque les paroles ne suffisent plus...A ce moment, l'amour qui nous unissait était si puissant, que nous avions atteint en l'espace d'une heure la certitude du bonheur absolu, sans faille, celui qui dure une vie sans avoir a faire d' effort. La plus belle chose du monde venait de nous arriver, et nous n'avions rien fait pour .D'un coup, tout était enchantement, vivre devenait délicieux. Se séparer allait être la fin du monde, se retrouver une volupté sans égale. Ce moment magique reste gravé en moi. Je me souviens de tous les détails. Son corps contre le mien, oh ! Rien de sexuel, c'était bien plus fort. Tout a coup, j'avais très chaud, à ce stade, les mots manquent. J'étais transporté. Je ne sais pas où, mais ce n'étais plus le Jean-Léon de ce matin. Je ne cherchais pas a aller plus loin, ni caresses, ni d'autres baisers, la tenir dans mes bras, sentir la chaleur de son corps, mon Dieu, je serais resté comme ça toute la vie .J'en ai fait des trucs avec les femmes, comme tout le monde je suppose, ou peut être un peu plus, mais jamais je n'ai ressenti un aussi grand plaisir quand, pour la première fois, j'ai embrassé Nicole Dossa , lèvres fermées bien sur. On n'avait besoin de rien d'autre puisqu'on avait déjà tout.

--J'entendais une voix féminine qui criait <Nicole !>.

--Ma mère m'a-t-elle dit en se dégageant doucement. Je prends le bus à huit heures pour le lycée, m'annonça-t-elle en courant a coté de son vélo.

-- Putain le vide, le retour sur terre, et sans train d'atterrissage. Je pris moi aussi le chemin de la maison, mais en pensant que demain matin, j'allais la voir de nouveau, et qu'on allait s'arranger pour être un peu ensemble avant jeudi....-Je n'avais pas pensé que, pour la voir passer, j'allais devoir sortir avec ma tenue de charcutier, veste blanche et tablier sale, en direct du labo de charcuterie où je travaillais avec mon père, mon frère et d'autres commis...La honte absolue ! Je suis sorti quand même, sans tablier, mais vêtu façon clodo. J'avais bien essayé ce matin de faire un effort vestimentaire, au grand étonnement de ma mère qui n'était jamais là pour me faciliter la vie. Bon, je l'ai vue, on s'est dit bonjour, assez froidement, vu mon état. Heureusement, elle était pressée, mais il m'avait quand même semblé la voir un peu trop bien habillée pour aller en classe...Ça m'a fait plaisir.-En entrant au labo, mon frère qui avait oublié d'être con, remarqua mon exaltation, et me demanda :

--Ou t'es amoureux, ou t'as avalé une guêpe !

-J'ai pas avalé de guêpe, répondis-je.

-Ah ! Voila pourquoi monsieur s'était endimanché dit-il, j'en conclus qu'elle habite dans le coin, et que tu l'as vu passer. Dans un sens t'es veinard, dans un autre, pas facile de plaire si on a l'air de sortir d'un abattoir. Ça ne facilite pas la séduction. Quand il faudra décharger les cochons, et traverser le trottoir, t'as intérêt à connaitre son emploi du temps, pas te trouver nez a nez avec elle, avec un demi porc sur le dos...C'est l'avantage d'avoir des fiancées a Paris. On se voit moins souvent, mais on a l'air moins cons .Surtout quand on est amoureux, ce qui est ton cas, je me trompe ?

-Tu ne te trompes pas, laissais-je tomber .Et merci pour tes paroles, ça me remonte le moral. J'y pense depuis hier, quand nous nous sommes quittés. C'est impossible qu'elle me voit comme ça. Tu vas m'aider ?

--Evidement que je vais t'aider, répondit-il mais à une condition. Je veux savoir qui c'est. .Je la connais ? Elle doit être mignonne pour que mon petit frère soit amoureux.

--Elle a mon âge, donc tu ne peux pas savoir qui c'est, répondis-je, en m'apercevant que je n'en savais rien, c'était d'ailleurs sans importance, elle n'avait pas quarante ans, le bout du monde pour moi. D'un coté, j'étais fier de lui faire connaitre Nicole, d'un autre je savais que Jean-Claude avait la beauté d'Alain Delon, et par là même, un grand pouvoir de séduction naturel, Je n'allais pas être jaloux de mon frère que j'adorais pour sa gentillesse et ses bonnes manières, que d'ailleurs il essayait en vain de m'inculquer. Je pouvais compter sur son aide, mais bon, il était rudement beau quand même. -Le soir même, j'allais avec lui boire un café au bistro d'en face. C'était exceptionnel pour moi. Jean-Claude voulait en savoir plus. Il m'avait déjà vu faire des bêtises avec certaines conquêtes que j'avais fait au Miami, le dancing ou nous allions le dimanche après- midi. <Faire les courses>disait il, élégamment. L'air de rien, il veillait sur moi, il prenait soin de son petit frère, alors que j'étais sans nul doute plus dur que lui question caractère.

--Au bar, il y avait Jean-Pierre, un rouquin , qui avait pour moi un certain respect vu mes deux ans d'avance au lycée .Il s'approcha de nous en me disant : Alors mon pote, c'est le grand amour avec ma frangine ? C'est alors que je me rendis compte que Nicole était sa sœur. C'était un garçon sympa, bien élevé et plein de talent, il jouait comme un pro des morceaux de jazz au piano .Mon frère, tout heureux d'être aux premières loges l'invita a boire un café, que Jean-Pierre accepta aussitôt .Je me voyais mal parti. Erreur, au contraire je vis mon frangin satisfait d'apprendre qui était mon amoureuse, quant a Jean-Pierre, il m'assura de son soutient et de son aide, content que je sois émotionné par sa sœur. Emotionné, c'est le terme qu'il employa et qui me convenais parfaitement. Les jours suivants, en jonglant, j'arrivais à voir Nicole passer pour aller au lycée, sans être affublé de ces tabliers qui me faisaient honte. Le mercredi, elle me donna un mot pour me dire qu'elle avait pensé ne pas aller à la danse pour avoir le loisir de mieux nous connaitre. Le trajet Meudon Suresnes nous laissant que peu de temps pour être ensemble. Mais, précisait-elle, ce sera la seule fois qu'elle pourra se permettre de louper la classe de danse. Autant dire que je trouvais l'idée géniale, pensant par là avoir la preuve qu'elle aussi était amoureuse. Disposer de quelques heures, rien que pour nous, mon Dieu, c'était un rêve. A partir de ce moment, ce n'est pas les *jours que je comptais, mais les minutes, A dix sept ans, rien ne peut vous empêcher de dormir fort heureusement. Le mercredi après- midi, je lui donnais un mot lui demandant de nous voir le lendemain, vers trois heures au pont de Suresnes, lui précisant que je serais devant sa fenêtre ce soir pour quelle me fasse signe s'il y avait un problème. Après diner, je sortis quelques instants pour me poster en bas de chez elle. La fenêtre s'ouvrit, elle me lança un baiser et referma vivement les vitres. Donc tout était OK. Quant a moi, il m'avait suffit de la voir me lancer un baiser pour me croire au paradis. Je rentrais me coucher, pensant que le lendemain n'arriverai jamais.*

--Le jeudi, dès deux heures, j'étais au pont de Suresnes .Quand vers trois heures, je la vis arriver, elle me parut merveilleusement belle, avec ses cheveux roux au vent, pour un peu, remplaçant les vélos par des chevaux, je me prenais pour John Wayne attendant sa fiancée Irlandaise. Mais j'étais surtout le type le plus heureux qu'il soit .Elle descendit de sa bicyclette a peine essoufflée, fraiche , légèrement parfumée, et me tendit la joue pour le plus joli baiser du monde Je vivais des moments presque irréels, plus chanceux était impossible .Mais bon, fallait quand même se bouger, ce qu'on fit, traversant le pont et se dirigeant vers le bois de Boulogne.

--Arrivés à la cascade, on s'assit sur un des bancs pour parler et commencer à nous mieux connaitre. Pour ma part, j'avais viré somnambule, être assis a coté de Nicole Dossa, je n'arrivais pas a y croire .Transporté il était le Jean-Léon..Mon Dieu qu'elle était belle, je n'avais jamais vu quelqu'un d'aussi adorable. Elle me disait qu'elle passait le BAC C cette année, voulant faire Maths Sup...Pour ça, ses parents ne la lâchaient pas. Son père, colonel, et sa mère, prof de maths formaient le duo parfait pour les

études des enfants .Son frère, Jean-Pierre avait tous les dons, encore fallait-il qu'il s'en serve...

--C'était la première fois qu'elle embrassait un garçon, me dit-elle ce n'était pas les prétendants qui manquaient, mais ils étaient trop nombreux et ses parents la tenait .Ça, je connaissais, les miens étaient pareils...-Tranquillement, elle m'avouait avoir ressentit une chose étrange lorsque nos regards s'étaient croisés. Je ne sais pas si le terme croisé est le bon, je dirais plutôt ancrés. Enfin dans mon cas. -Je n'étais pas chaud pour lui raconter ma vie qui commençait, et ce métier peu valorisant que je pratiquais avec mes parents, rien de reluisant, a mes yeux tout au moins.

--Pourquoi as-tu arrêté les études, me demanda-t-elle ? Jean Pierre m'a dit que tu étais brillant en classe, deux ans d'avance, c'est rare...Remarque que travailler avec ses parents ce doit-être bien aussi .Tu as des idées pour plus tard ?

--En ce moment précis, j'avoue que mes idées étaient plus prosaïques, n'ayant qu'une envie, la prendre dans mes bras, l'embrasser, et puis je n'en savais pas plus...Mais parler de mon avenir n'était pas a l'ordre du jour. Je mesurais un mètre quatre vingt et pesais quatre vingt kilos, je n'allais pas me jeter sur elle, façon singe en rut. Pourtant c'était bien la seule chose que j'avais en tète ! Etre civilisé a des avantages, mais en ce moment, ça n'avait que des inconvénients. -Alors, prenant sur moi, je lui parlais de cette passion que j'avais pour Céline .Et pourquoi elle m'avait trouvé chez lui.

--Tu ne vas pas me croire, mais je me doutais bien que tu n'étais pas là par hasard, dit-elle.

--J'espère que je ne vais pas t'ennuyer en te parlant de Céline, quand je commence, je suis intarissable et par la même ennuyeux. Fais-moi comprendre quand le moment sera venu pour que j'arrête de parler.

--Jean Léon, nous n'en sommes pas encore là, répondit-elle. D'ailleurs je sais que ça va me plaire, c'est rare de connaitre pareille sensibilité chez un garçon. Bon, chez une fille aussi...S'il te plaît, raconte-moi, ça m'intéresse énormément.

--Je lui expliquais alors ce qui s'était passé avec mon prof d'anglais en quatrième. Les efforts pour lire <le voyage>. Sans la pression que me procurais une possible sanction, aussi bien au lycée, et par contrecoup chez moi. Celle-ci promettant d'être plus sévère encore, je n'aurais pas été jusqu'au bout du bouquin. Et si ces putains de petits points me déroutaient, certaines phrases m'éblouissaient, je continuais ma lecture convaincu d'en rencontrer d'autres...Ce qui ne manquait pas.

--Mais bon, à l'âge que j'avais, c'était trop tôt pour vraiment apprécier un livre aussi puissant. Celui que comme un con, il faut bien le dire, je traitais de < communiste> parce qu'il lisait <l'humanité>m'avait mis la barre trop haut. Je n'ai jamais su si il me sentait capable de lire le <voyage>ou si c'était déjà une punition C'est en première, a la bibliothèque que j'ai trouvé <mort a crédit> le deuxième livre écrit par Céline, et que certains voient comme l'œuvre majeure du siècle...En fait, ce fut ce livre qui déclencha ma passion pour cet auteur. Alors, j'ai commencé à lire tout ce qui se publiait à son sujet avec une avidité et un enthousiasme grandissants. Le plaisir que je prends à lire et relire ses textes, sont pour moi comme un cadeau que me fait la vie. Pardonne-moi, Nicole, si je te parais quelque peu exalté, mais c'est ce que je ressens depuis que j'ai eu la chance d'entrer dans l'univers Célinien .Mais dis-moi, a côtoyer le grand homme tous les jeudis, même si ça ne t'intéresses pas plus que ça, tu dois avoir bien des choses à raconter. -Qu'à présent, Nicole puisse me parler de la vie quotidienne de Céline c'était presque trop beau....

--Que puis-je te dire ? Répondit-elle. Je dois t'avouer que pour nous tous, ce n'est qu'un vieux monsieur mal habillé. Qu'en plus il soit médecin, comme l'atteste la plaque se trouvant a l'entrée, ajoute à l'excentricité de ce couple. Je sais que sa femme fut une grande danseuse et certains élèves viennent de loin pour assister à ses cours. Contrairement a lui, elle est très soignée, possédant un corps parfait pour son âge, que d'ailleurs personne ne connait vraiment. Elle est agréable, quoique sévère avec nous. Faut dire que la danse est un art exigeant beaucoup de travail .Lui ne monte jamais au premier étage ou elle donne ses cours. C'est vrai qu'il nous évite, restant dans son bureau, mais cependant sans se montrer le moins du monde désagréable. Comme si il avait son monde a lui. Tu sais, Jean-Léon, jamais on ne l'avait vu comme l'autre jour, bavarder dehors avec quelqu'un. Qu'en plus ce fut avec toi, tiens du miracle .Notre curiosité tient essentiellement à l'étrangeté formé par ce couple improbable, car en plus, ces deux là sont parfaitement fusionnels. Je ne les ai jamais entendu élever la voix .On voit qu'entre eux deux, c'est le plus grand respect qui règne .Ils sont pourtant tellement différents quand on les voit ensemble. En réalité, je crois que lui ne sort pratiquement jamais, et c'est aussi bien, vu sa dégaine. A part aller chercher son courrier dans la boite , ou bien vider les déchets qu'il met dans un cageot vide. Ce n'est pas courant faut avouer. Ah, si, autre chose, la ménagerie vivant dans son bureau. Ça tient plus de la forêt tropicale, au moins pour l'idée qu'on s'en fait, que d'un cabinet médical...

--Si tu m'annonces que ce docteur est le plus grand écrivain du siècle, Jean-Léon, je veux bien te croire, mais j'avoue que ça me dépasse…Explique-moi pourquoi quelqu'un d'aussi important ne reçoit jamais personne ? Le voir, dehors, avec toi, était surprenant, crois-moi.

--Sa question méritait une réponse, hélas ! .Nous étions toujours assis sur ce banc, avec la cascade derrière nous. Il faisait beau, le bois sentait bon, je l'aimais déjà éperdument, elle était fine comme l'ombre, mais il me faillait bien lui parler du coté sombre de Céline..

--Je vais faire court. Tu te doutes qu'une telle personne a eue plusieurs vies, certaines tout a fait hors du commun. Et puis il y eu la guerre avec les horreurs que l'on sait .Il n'y a que quinze années que tout cela a pris fin .En trente deux, la publication de son œuvre<le voyage au bout de la nuit> révolutionna les lettres françaises. Ce fut un choc sans précédant dans le monde littéraire. Tous voulaient savoir d'où sortait cet inconnu capable d'écrire ainsi. Quatre ans plus tard, il publia <mort a crédit> un autre chef d'œuvre, peut-être plus important que< le voyage>…Ce fut le coup de grâce. Tous les écrivains de l'époque vinrent s'agenouiller devant son talent, beaucoup le copièrent, certains tentèrent même de s'en approcher. On se l'arrachait, c'était devenu une personnalité célèbre.

--Pour des raisons que je peux difficilement expliquer, et encore moins comprendre, bien que l'époque fût toute autre, En publiant ses pamphlets l'aversion qu'il allait récolter et qui est toujours vive, n'était autre que l'écho amplifié de ses écrits. Il fut puni d'avoir proclamé ses propres vérités. Ça n'avait servit qu'a soulever de la haine .Comme si cela n'était pas suffisant, ses *prises de position politiques durant l'occupation nazi achevèrent de le discréditer. A tel point que, menacé de mort par la résistance, il dut aller se refugier a Sigmaringen, en Allemagne, avec prés de deux mille collaborateurs français, le sans-grade et les dizaines de politiques de Vichy, tous jugés coupables de collaboration avec l'ennemi. Ce qui n'était pas le cas de Céline, mais lui aussi était promis à être fusillé. Il réussit à trouver un train pour fuir au Danemark, où il avait caché son magot. Traversant l'Allemagne sous les bombes, avec Lucette et le chat Bébert, changeant vingt sept fois de train .Un voyage qui dura trois semaines qu'il raconte dans un livre intitulé< d'un château, l'autre >.Ensuite, vu la minceur du dossier d'accusation présenté par la France, le Danemark refusa de l'extrader, lui sauvant ainsi la vie. Lucette et Céline furent écroués dans une prison de la capitale dont le nom m'échappe. Le chat Bébert fut mis dans une clinique vétérinaire. Très vite Lucette fut libérée et accompagnée de Bébert trouva a se loger a Copenhague. Céline restant en prison, le Danemark ne voulant pas mécontenter l'opinion publique. Il y resta onze mois .Quand il fut libéré, il avait perdu toutes ses dents et ne pesait plus que soixante kilos pour ses un mètre quatre vingt .Ils restèrent un an dans la capitale danoise .Ensuite son avocat leur offrit de séjourner dans sa propriété située au bord de la Baltique. Le domaine était composé de plusieurs pavillons, Céline Lucette et Bébert occupèrent le plus retiré. Ils y vécurent trois ans d'une vie rude et triste..Quand paru l'ordonnance d'amnistie, ils prirent enfin le chemin du retour en France.*

--Ils y furent accueillis chez des admirateurs et dans la famille de Lucette. Enfin grâce à l'argent de sa femme, lui ne possédant plus rien, ils s'installèrent ici, à Meudon. Je me suis efforcé de faire

court pour ne pas t'ennuyer, ce sont les grandes lignes de son parcours .Il y a beaucoup de livres qui racontent et analysent sa vie dans le détail. Si tu le souhaites, je serai content de t'en passer un. Au moins que tu comprennes ma passion.

-- En disant cela, je ne cessais de la regarder. Alors elle se tourna vers moi, son beau visage était tout sourire, ses yeux, sa bouche son front, tout rayonnait. On aurait dit un ange .C'était un de ces moments qui font que la vie vaut la peine d'être vécue, des instants hors du temps, on sait déjà qu'on ne les oubliera jamais. .Malraux disait< une vie ne vaut rien, mais rien ne vaut une vie>.Pour l'instant j'étais comme le mineur qui trouve un diamant dans la mine de charbon et qui n'arrive pas à y croire. Je pourrais écrire comme ça pendant des pages, mais je ne suis pas sur de continuer à vous intéresser...

--Nous étions assis face a face, elle se pencha légèrement, cette fois ce fut un vrai baiser d'amour, laissant timidement nos bouches s'ouvrir...Soudain, j'en voulais plus, des barrières étaient tombées et l'idée de toucher son corps m'affolait- La sentant trembler dans mes bras, je me mis a avoir envie d'elle comme je crois n'avoir jamais autant désiré une autre femme. Bien sur, ça s'arrêtait là .Nous n'avions aucune possibilité nous permettant d'aller plus loin, et d'ailleurs, nous n'y pensions pas .Au bout d'un moment, puisque l'être humain a besoin de respirer, le baiser prit fin, et nous notre souffle...Nous étions comme ivres , sans bien savoir ce qui arrivait, seulement qu'un monde enchanteur venait de s'ouvrir rien que pour nous. A ma grande honte, je m'aperçu que je devrai attendre un peu avant de me lever du banc, pour ne pas avoir à marcher au pas de l'oie. Dix-sept ans et fou d'amour, ce n'est pas avec ça qu'on fait du porno...Nous n'allions pas rester à nous embrasser sur le banc. Pas le genre de Nicole les

bancs publics, qu'ils soient de Brassens ou non .L'heure passait, nous décidâmes de rentrer en marchant à cote des vélos...Pas pressés tout de même.

--Dis- m'en plus demanda Nicole .Cette histoire est captivante. Et je commence à comprendre ton attraction.

--Il y a tant à dire, lançais-je.

--Jean-Léon que pense-t-il des   autres écrivains célèbres ? Ce doit être intéressant si j'en crois son caractère.

--Facile, répondis-je, je connais de mémoire, et ce n'est pas triste .As-tu des noms en tête ?

--Plusieurs dit-elle. Je commence ? Sartre, Aragon, Mauriac, Malraux, Proust.

--D'accord, arrêtons là pour le moment, si tu veux bien.

Donc, Sartre, un maniaque si ma mémoire est bonne --Aragon, le prochain commissaire aux peuples --.Mauriac, un Jésuite--. Malraux, le chouchou de De Gaulle,-- Quant à Proust, je le cite excuse-moi,< trois cents pages pour expliquer que Toto enc...Tatav, c'est trop .Ses romans ressemblent a un travail de chenilles. Tortueux, désordonnés, sans queues ni têtes.

--Vois-tu, Céline est d'avis que ceux qui écrivent sans mettre leur peau sur la table ne sont que les bafouilleurs de la littérature .Il précise d'ailleurs< Moi il me faut deux ans pour venir a bout d'un bouquin. Je recommence chaque phrase dix fois, vingt fois. Et les pauvres crétins croient que j'improvise. La vérité, c'est un travail qui me tue.

Nous étions arrivés aux cité-jardin, il nous fallait continuer à vélo. Avant, je me lançais, a présent, l'envie d'être seul avec elle était trop forte…

--Je sais qu'on se connait depuis peu, mais ce que je ressens n'a pas la mesure du temps .Comment faire pour se retrouver seuls. Je devais mesurer mes paroles, ce que j'avais à lui dire aurait été plus facile en le disant franchement. Mais ça, fallait pas y penser.

--Ça me plairait aussi, Jean-Léon, s'y on réfléchit, on trouvera sûrement une solution. En attendant, on doit se quitter, c'est un peu loin de chez nous, mais ici, on peut s'embrasser comme tout a l'heure.

--C'était encore meilleur ! Je la tenais dans mes bras, mais pas trop serrée tout de même a cause du mat de cocagne qui poussait dans mon pantalon et qui me gênait. Si elle s'en apercevait, quelle réaction aurait-elle ? Je préférais ne pas essayer. En attendant, ça compliquait les effusions. Ah, que la vie est compliquée..Mais enfin, on ne va se plaindre que la mariée est trop belle ! On se quitta, la tête et le cœur pleins de jolies choses, remplis de bonheur…

--Profitant que mon frère était en permission, je lui demandais comment faire avec Nicole. Sa réponse fut pour moi, inoubliable « Jean-Léon, il n'y a pas de citadelles imprenables, il n'y a que des citadelles mal attaquées » Ça, s'était drôlement envoyé, mais sans pour cela me donner une solution immédiate comme j'espérais.

--Tu devrais voir avec son frangin, vous aviez l'air de bien vous entendre tous les deux me répondit Jean-Claude. C'est vrai que Jean-Pierre était déluré et certainement disposé a nous aider sa sœur et moi..D'un seul coup, j'entrevoyais la solution me

permettant de m'introduire chez Nicole. Je savais que sa chambre donnait sur le derrière de l'immeuble. Comme ils habitaient au rez-de-chaussée…J'ai une grosse tête, (comme Céline) mon frère, en riant me dit souvent que j'ai frôlé l'hydrocéphale. Et bien je peux vous dire que ça bouillonnait là-haut. Aussitôt, le lendemain, sans plus attendre, je coinçais Jean-Pierre Dossa en arborant une mine d'amoureux transis, ce qui était d'ailleurs le cas.

--Jean-Pierre lui dis-je, pourquoi te le cacher, ta sœur et moi on s'aime tu sais. Hier, elle a sauté le cours de danse à quelle avait a Meudon, mais ça ne se reproduira pas. Comment allons-nous faire pour vivre sans pratiquement se voir ? On va être terriblement malheureux, pourtant on ne fait rien de mal, on s'aime, c'est tout !, Tant pis si tu me prends pour un crétin, c'est comme ça. Je ne me vois pas vivre sans Nicole, c'est la première fois que je ressens ça et c'est merveilleux, je te souhaite de connaitre ce bonheur un jour. J'ai un immense respect pour elle, c'est la femme de ma vie, jamais je ne pourrais aimer une autre fille. Et pour tout de dire, je crois qu'elle éprouve la même chose a mon égard. Tu veux que je te dise ? Si j'étais un peu plus âgé, j'irais tout de suite la demander en mariage. Quand on est ensemble, c'est vraiment le bonheur, je ne savais pas que ça pouvait exister. En plus, c'est la sœur de mon meilleur copain.

--Reprends ton souffle, me répondit Jean-Pierre, tu m'impressionnes vachement. Non, je ne savais pas que ça pouvait arriver, mais m'annoncer que je suis ton meilleur copain, c'est un scoop là, tu t'affoles un peu car je ne m'en étais jamais aperçu .Mais si, comme je le crois, toute cette tirade, qui par ailleurs sonne juste ,ton but est de m'amener a vous aider , alors garde tes forces mon pote, tu m'as convaincu, à partir

d'aujourd'hui, je suis de votre coté. Mais c'est ma sœur chérie, alors Jean-Léon, pas de conneries. Je ne me le pardonnerais jamais, à toi non plus d'ailleurs.

--Que puis-je dire ou faire qui te tranquillises ?, Lui répondis-je.-Je suis scout et catho, alors je te jure de respecter ta sœur autant que je l'aime.

--Il me répondit : c'est quand même un peu grandiloquent, tu ne trouves pas, toi, le surdoué du verbe ? Et de toutes façons, je suis d'une famille Protestante, alors les scouts, et les serments de cathos...Mais je n'ai pas besoin de ça, je te vois tellement sincère et en même temps un brin perdu bref, je te fais confiance, mon vieux ! Avant tout, je vais en parler avec ma petite sœur, tu comprends ça ? Voir ce qu'elle en pense, savoir où elle en est. Ensuite, on mettra rapidement un truc au point, je m'y engage.

--J'étais si heureux que je ne savais comment lui dire merci. A dix sept ans, ces choses là nous dépassent un peu. L'époque n'était pas aux embrassades comme maintenant, et c'est tant mieux. Aussi, le plus virilement possible, je lui serrai très fort la main, limite scène de théâtre, je le reconnais .A voir son expression, je sus que je l'avais touché. Ça suffisait. A présent il ne restait plus qu'a attendre. Ce qui n'était pas le plus facile, vous pensez bien. Désormais, le soir, vers sept heures, je m'attardais devant la fenêtre de la chambre de Nicole, attendant qu'elle paraisse et s'accoude au balcon. On se trouvait alors environ a dix mètres l'un de l'autre, se regardant comme si on espérait qu'un miracle allait se produire. Puis je la voyais mettre la main devant sa bouche pour m'envoyer un baiser, et ensuite, elle refermait la croisée. Je restais sans bouger, essayant de prolonger l'instant de bonheur que je venais de vivre..Et tant pis si j'ai l'air d'un nanar mais c'était ce que je ressentais .J'étais amoureux comme on peut l'être a dix sept ans, voila tout. Je faisais mon possible pour ne pas me montrer trop collant avec Jean-Pierre qui détenait la clef pouvant me permettre d'accéder a l' eldorado .Les jours passaient, et loin de me calmer, l'espoir virait a l'idée fixe...Jusqu'à ce matin où je vis Jean-Pierre qui me faisait un signe dans le parking a vélos .Essayant de paraître calme, je le rejoignis. Il avait l'air content du mec porteur de bonnes nouvelles.

--Ben voila, mon pote ! Me lança-t-il, les tourtereaux vont pouvoir roucouler. Mes vieux vont au bal annuel des officiers de l'armée de l'air, place Balard, mardi prochain. Je serai seul à la maison. Ainsi mes parents sont plus tranquilles, et je pourrai vous prévenir de leur arrivée. Ils ne vont pas au spectacle, donc pas moyen de savoir a quelle heure ils rentreront. Je claquerai la porte ou ferai tomber une casserole, soyez tranquilles, je vous aviserai a temps, il n'y aura pas d'histoires..

--Pour un peu je l'aurais embrassé. Je me contentais de lui dire merci, prenant l'air grave du mec conscient de la faveur qu'on lui fait et montrant qu'on ne va pas le regretter .On était lundi, ça faisait encore une semaine à attendre, autant dire le bout du monde .Bon, mais de mon coté, j'allais avoir besoin de mon grand frère pour pouvoir sortir mardi soir. Ça sentait le western au Capitol, le kinos du bas de Suresnes .Coup de bol qu'il soit en permission. Le soir même, tout excité, j'en parlais a Jean-Claude sachant pouvoir compter sur son aide, trop content de lui dire ce qui m'arrivais, et aussi pour le prévenir au cas ou il aurait eu quelque chose a faire ce soir là .J'avais beaucoup de chance d'avoir un frère comme lui. Non seulement il répondit présent, ce dont je n'avais pas douté, mais il était réellement content pour *moi. Il ne lui restait que peu de jours avant de repartir, et il pensait passer la soirée avec les parents, du coup, il irait seul au ciné .Le soir, lors de mes passages devant les fenêtres de Nicole, il me semblait la voir aussi impatiente que moi, comme si je pouvais m'en rendre compte de loin…Le matin du mardi tant attendu ,nous fîmes, Jean-Pierre et moi, une dernière mise au point, façon briefing avant le débarquement en Normandie. Des deux, Jean-Pierre étant de loin le plus relax .Il fut convenu qu'il passerait devant notre boutique afin de confirmer d'un signe le départ de ses parents .Puisque j'étais sensé aller au ciné, je pouvais m'habiller comme je voulais sans pour cela attirer l'attention de ma mère, toujours prompte a me remettre en place. Quand enfin, Jean-Claude et moi sortîmes de la maison, il me semble l'avoir vu aussi content que je l'étais .C'est installé dans la voiture que je prenais conscience de ce que j'étais en train de vivre .N'étant jamais trop prudents, nous prîmes la direction du bas de Suresnes, aussitôt hors de vue, je descendis, n'ayant plus la patience de rester assis, et me dirigeais sans courir bien qu'il m'en coutât, vers l'immeuble ou m'attendais Nicole.*

--La fenêtre était ouverte signifiant par là que la voie était libre .Je me hissais pour atteindre l'appui, je l'enjambais et pénétrais dans la chambre.

--Je suis en pyjama, mes parents viennent de partir, il fallait qu'ils me voient habillée comme d'habitude, me dit-elle.

--Elle aurait pu être vêtue comme pour faire la course en sac que je ne m'en serais pas aperçu tant je la voyais belle.

--Je vois que c'est assez facile de grimper jusqu'ici, crut-elle bon de dire .Si j'ai bien compris, nous sommes ensemble grâce a l'aide de Jean-Pierre et de Jean-Claude .Je ne connais pas ton

frère, il doit beaucoup t'aimer .Je sais qu'il a huit ans de plus que toi. Un grand frère ce doit être super je pense.

--Elle devait se sentir aussi incommodée que moi, et tentait de le cacher en disant n'importe quoi. Si je m'y mettais aussi, on n'allait pas en sortir. Je m'avançais et la serais contre moi .C'était un moment que je ne pourrais jamais oublier. Je sentais son corps que le léger pyjama ne protégeait guère, elle était amoureuse, mais aussi angoissée d'être presque nue, dans les bras d'un garçon qu'elle recevait en cachette dans sa chambre. L'ambiance était légèrement tendue .Elle ne se sentait pas tranquille .Soudain, je senti sa bouche se poser sur mes lèvres pour un baiser passionné et toutes nos angoisses furent balayées. Elle s'assit sur son lit toujours collée contre moi qui lui chuchotais des mots d'amour, comme si ses parents pouvaient nous entendre ! .Alors, tout en l'embrassant, mes mains partirent a la recherche de son corps elle me laissait faire…On tremblait mais ce n'était plus de peur, mais du désir que nous avions l'un de l'autre. Mes caresses se firent plus précises, plus exigeantes, le pyjama a présent formait une barrière qu'il me fallait ôter. Ce que je fis, ayant perdu toute retenue. Nicole me murmurait des mots que je n'entendais pas, nous étions comme éperdus d'amour, ce n'est pas exagéré de dire qu'à cet instant, le monde extérieur n'existait plus. J'avais ouvert sa veste et caressais ses seins, puis sans me servir de ma bouche, ignorant cette pratique, je passais une main sous son pantalon de pyjama pour atteindre sa toison. Je crois que pour nous deux, ce fut comme un éblouissement. Enhardit, et sans retenue, je libérais mon sexe qui n'en pouvait plus et posais la main de Nicole dessus en la serrant pour qu'elle ne l'ôte pas. Un reste de pudeur faisait qu'elle n'arrêtait pas de m'embrasser, comme si elle ne voulait rien voir, ressentir seulement. Elle ne bougeait pas sa main, je lui montrais un peu ce qu'il fallait faire..J'aurais voulu être une pieuvre, deux mains ne me suffisaient plus. C'était pour moi, le bonheur absolu. Je ne peux pas expliquer ce que je ressentais. Avoir Nicole caressant mon sexe, même en rêve je n'avais été jusque là. La pression de ma main sur son pubis paraissait lui donner un plaisir aussi intense que celui que je ressentais .Pour moi, c'était trop, sans pouvoir me retenir, a ma grande honte, j'éjaculais sur la main de Nicole. Elle savait bien ce qui m'arrivais, a dix sept ans, même en mille neuf cent soixante, les filles connaissent ces choses .Mais subir mes caresses, sentir sur sa main la preuve de ma jouissance, devaient l'avoir mise dans un état qui l'amenèrent au plaisir, je sentis son corps se raidir, et entendis un cri étouffé, elle aussi venait de jouir .Nous étions comme anéantis, sans bien comprendre ce qui nous arrivait, mais heureux comme on n'imagine pas.

--La tension accumulée de ces derniers jours ajoutée a ce qui venait de se passer, nous avait submergé. Repus d'amour, comblés, allongés, sans bouger, nous nous sommes assoupis. Ce qui causa notre malheur, car dans le salon, Jean-Pierre, lui, s'était carrément endormi. En rentrant, sa mère voyant cela, eue, comme seules les femmes sont capables d'avoir, une prémonition, et se dirigea vers la chambre de sa fille. La croyant en plein sommeil, elle ouvrit doucement la porte pour apercevoir Nicole, allongée aux côtés d'un garçon, endormis tous les deux. Pire que ça, n'était pas imaginable, pourtant c'était devant elle et comme personne ne bougeait, elle avait tout le loisir d'apprécier la scène .Ce n'était pas le genre à pousser des cris, c'était bien pire, la violence du coup de pied qu'elle lança a Nicole le démontra. Cette dernière, terrorisée, se leva aussitôt.

J'émergeais en sursaut et constatais le désastre. Je ne peux exprimer ce que je ressentis autrement qu'en disant que tous les trois, y Jean-Pierre compris, étions dans la merde, mais alors jusqu'au cou. Aucun moyen de s'en sortir correctement, il n'y avait rien à dire, seulement pour moi, il me restait de vider les lieux sans savoir quoi choisir, la porte avec le père derrière, ou la fenêtre, signant par la ma turpitude. A quoi bon raconter la suite ? La mère de Nicole vint voir la mienne. Pourquoi faire, grand Dieu ? Sinon pour agrandir ce qui en fait n'existait pas…Mais personne ne voulu rien entendre, et rien savoir non plus de l'amour que nous nous portions.

--Bien sûr, black.out total de part et d'autre. Entre les commerçants cathos rigides et quelque peu dépassés, et le couple protestant formé d'une prof et d'un colonel, qui ne voulaient rien admettre, que pouvaient espérer deux ados de dix sept ans .Vingt ans plus tard, ça n'aurait pas été la même chanson, mais qu'en savions nous ?

--Mon frère revint du service militaire, et se remit au travail avec nous. Il allait encore danser les dimanche après-midi, et prit l'habitude de m'emmener. J'étais un peu jeune pour la clientèle de secrétaires de vingt cinq ans. J'apprenais à conduire, alors qu'elles avaient déjà leur permis et la manière de s'en servir depuis longtemps Mais comme j'étais plutôt costaud, en me laissant la moustache façon Brassens, ça pouvait aller, je ne rentrais jamais bredouille…Sans que je m'en aperçoive, cette nouvelle façon de m'amuser m'aida énormément pour ne pas souffrir de la perte de mon premier amour.

--Les Dossa déménagèrent, c'était normal vu le métier du père, qui avait disait-on été nommé général…

--Où es-tu a présent Nicole chérie ? As-tu eu la curiosité de lire un ouvrage de Céline, tu te rappelles, sa femme te donnais des cours de danse. C'est chez lui qu'on s'est rencontrés et qu'on s'est aimés sans même se connaître. Quelle merveilleuse histoire, comme certaines fleurs belles et trop fragiles, qui meurent très vite .Pareil pour cet amour qui fut le notre, tellement beau mais qui, hélas, par la faute des autres, fût éphémère. A croire que le bonheur dérange. Peut être en lisant Céline, te souviens-tu des moments magiques que le ciel nous avait accordé .Quelques jours auront suffit Nicole pour que je ne puisse jamais t'oublier. . Tu étais là pour la danse, et moi parce que j'admirais l'écrivain. . Parmi les livres de ta bibliothèque, en voyant son nom penses-tu encore a nous, a cet amour resté pur, qu'un de ces accidents que nous réserve- la vie a fait mourir On ne se verra plus jamais Notre pauvre amour, abattu en plein vol, pour quelle raison, en vertu de quoi. Pourquoi les adultes oublient-ils si vite leur jeunesse ? Tu as laissé, Nicole, dans mon cœur et pour toujours, le dessin d'une jolie fleur qui te ressemble.

Dieu est en réparation.

L.F.Céline

<u>Céline</u>

--Soixante ans ont passé, un claquement de doigt, et ma passion pour Céline reste intacte. Il m'a accompagné durant une vie quelque peu tumultueuse, voir chaotique. J'arrive dans la dernière ligne plus ou moins droite, n'ayant pas construit grand-chose, mais accompagné de mes deux fils, dont je suis fier..

--Après tout, ce n'est pas de moi qu'il s'agit ici .Dieu sait le nombre de livres que j'ai lu. C'est simple, lire fut mon loisir quotidien. Je n'ai jamais pu m'endormir sans en avoir un dans les mains.

-Et Louis Ferdinand Céline toujours présent sur ma table de nuit. Mon plaisir, ouvrir un de ses ouvrages et regarder mes anciennes annotations. Certaines faîtes il y a longtemps. D'ailleurs il me semble que je faisais preuve de plus de finesse dans mes choix .Mais le plus étonnant, c'est pouvoir encore être surpris par des phrases qui m'avaient échappé.

--Heureusement, je lui fus infidèle, ayant eu des coups de cœur qui pour certains perdurent encore. Les Mémoires d'Hadrien, de Marguerite Yourcenar, et là, j'en demande pardon a Céline, Les

Mots de J P Sartre, font partis de ces pépites littéraires incontournables…D'autres encore que j'ai du oublier, mais de moindre importance.

-F Dard, qui considérait Céline comme « le patron », et qui dans chacun de ses deux cents titres s'arrangeait toujours pour le citer en quelques mots …Merci Monsieur Dard, j'ai passé de bons moments avec vous qui entre autres choses, m'avez fait connaître le Juliénas !

-G Brassens qui fut l'immense poète lyrique qu'on connait, jugeait « Mort à crédit » comme le meilleur livre du vingtième siècle !

-Cette fois-ci, aucune référence a Céline, seulement pour moi une découverte stupéfiante lorsque j'ai ouvert un bouquin de P. Kerr .J'y ai pris un formidable plaisir, j'ai acheté tous ses livres. Par miracle, le bonheur de le lire n'a jamais faiblit. Malheureusement, il est décédé il y a peu, il n'avait que soixante deux ans. Il me manque.

-Je pense à ce que disait F.Dard, que j'ai eu la chance de connaître un peu :

< Il faut beaucoup de talent pour faire rire avec des mots. Mais il faut du génie pour amuser avec des points de suspension.>

-Tout est hors du commun chez L.F. Céline .Jusqu'au coup de tonnerre que fut la sortie du « Voyage au bout de la nuit » qui va changer sa vie pour toujours .En trente six, deuxième choc avec la publication de < Mort a crédit > qui l'installe comme le plus grand écrivain vivant. Celui qui bouleverse les lettres françaises. L'époque est trouble, c'est le moins qu'on puisse dire. Céline s'engage alors dans une voie difficile, ne reniant jamais rien de ses écrits et convictions. Lui qui est avant tout français, voir nationaliste, s'emmêle les crayons et n'en sortira plus. Il devient un écrivain maudit et indigne. Malgré son immense talent, une chape de plomb va alors le recouvrir et par là même, empêcher des générations d'apprécier ses écrits.

-Mon but n'est pas de faire la chronologie de sa vie, il y a des ouvrages pour cela. Je voudrais simplement,(comment puis-je faire autrement), parler du plaisir que j'ai eu durant toute ma vie, a la lecture de ses livres. Ce n'est pas rien. C'est en pensant aux heures passées en compagnie de son talent que j'ai voulu écrire ces lignes. S'il nous faut apprécier un artiste, qu'il soit écrivain, musicien ou comédien, en fonction de ses idées, l'art va en prendre un sérieux coup. « Les paroles s'envolent, les écrits restent » dit la sagesse populaire. Mauvaise pioche Monsieur Céline, pour le bien mais aussi pour le mal, les vôtres sont imprimées et impossibles à effacer...

-« C'est dommage, il était méchant » disait F Dard, lequel, décidément le considérait comme son maître. En cela il avait raison. Quoique méchant me parait un peu réducteur. Le fait est que les défauts ne lui manquaient pas, et de toutes natures.

Quand je pense au voyage que fit Hindus, qui disait « Si moi, Juif d'Amérique suis allé m'entretenir avec Céline, retenu au Danemark, c'est qu'il m'avait atteint spirituellement »..Céline avait accepté de le recevoir pensant que cela pouvait lui faire vendre des livres aux Etats Unis...La visite fut un échec total. Le pauvre Milton Hindus devait faire plusieurs kilomètres chaque jour pour pouvoir parler avec un Céline, plus désagréable que jamais .Si bien que lassé, Hindus se sauva en disant « c'est un fou, mais pire encore, il va me rentre fou » L'histoire raconte qu'il en oublia sa casquette, pourtant indispensable sous ces climats. Rentré chez lui, il entreprit la rédaction d'un livre qui décrivait ce qu'il avait enduré durant ce voyage, et dont le titre devait être « Le Monstrueux Géant »

-Céline lui écrivit une lettre remplie de méchancetés. Le livre parut quand même, mais avec un titre plus doux (le géant infirme, ou Céline tel que je l'ai vu) Il fourmille d'anecdotes soulignant, s'il en était besoin, le détestable caractère de Céline, qui se plaisait 0 dire :

« Rien de plus émollient que la manie de plaire...pas aimable, voila, c'est fini, bravo ! » On est prévenus !

-- Hindus, se montrant aimable, demanda un jour a Céline, s'il se rendait compte du dévouement extraordinaire que montrait Lucette, sa femme. Réponse :

« On fait bien de se marier avec des filles de cirque, si l'on entend mener une vie de hasard ». Ça vous recadre direct.

-- Hindus était tombé au pire moment. Céline était a bout, d'ailleurs il le disait. A mon âge la patience est usée...Il faut dire que pour manger des maquereaux fumés, base de l'alimentation dans ces pays, il leur fallait faire douze kilomètres, et dans un climat hostile...

-Pourquoi le cacherais-je, cette façon de se comporter ne me déplais pas .Au contraire ! Les parents de Lucette leur avaient gentiment proposé de les héberger à leur retour en France. Les Pirazzoli, sa mère s'était remariée avec un italien, ensuite, par pure méchanceté, Céline, l'appela Pizzaiolo .Ces gens vivaient dans le midi de la France, dans un très bel appartement où tout était prêt pour les recevoir en grande pompe. Journalistes, relations…Céline demanda tout de suite « où est ma chambre ? »Il s'y enferma et ne voulu voir personne Ce fut catastrophique, les invités repartirent furieux…

-Ni le cadre de vie, ni sa belle-mère ne trouvèrent grâce aux yeux de Louis, qui aussitôt décida d'écourter son séjour. Une amitié épistolaire liait les Destouches au couple Marteau .Paul, le mari, richissime homme d'affaires proposa de les accueillir dans son hôtel particulier de Neuilly, mettant quatre personnes de service dont le chauffeur et la Packard a leur disposition .Ils déménagèrent a nouveau avec bagages et animaux .Une vie de château les attendait, mais ce n'était évidement pas du goût de Céline .Marteau, amateur de littérature, fier de l'avoir sous son toit, en profita pour inviter chaque jour les gens du tout Paris .Las, Céline ne voulu jamais voir personne, restant au premier , prenant ses repas en cinq minutes, pour retourner dans ses appartements avec sa ménagerie qui salissait et détruisait tout. Les Marteau en était malades, surtout ayant dû prévenir leurs amis et cesser de les recevoir.

--Ces anecdotes pour vous faire comprendre le personnage et son rapport avec la société .Ah, j'allais oublier son rapport avec l'argent encore plus difficile .Bref, c'était un être chez qui tout était excessif. On ne s'étendra pas plus.

-Comment attendre d'un génie comme Céline le comportement d'une personne ordinaire ? On l'admire pour ses écrits, mais, l'homme en lui même ne présente aucun intérêt, si ce n'est de la curiosité .Pourquoi en dire plus ? Ce serait du remplissage inutile, et le connaissant un peu, ça ne pourrait que lui déplaire. Je pense à la rebuffade que s'attira son éditeur, Denoël , lequel, fort aimablement, le sachant souffrant lui avait fait porter une corbeille de fruits :

« Je n'aime pas ces manières. Moi, je suis familier, mais je ne suis pas intime. »

Une autre anecdote, tant pis, je ne résiste pas au plaisir de vous la rapporter. Trouvant que ses œuvres ne ressortaient pas assez vite, Il fit parvenir cette lettre à Gaston Gallimard, son nouvel éditeur, avec lequel, d'ailleurs, il entretenait de bonnes relations :

« ...vous ne faîtes rien pour la vente de mes livres, aucune publicité, pas même dans votre calamiteuse N.R.F..... »

« Les gens interrogés tombent des nues quand je leur dit avoir publié chez vous... »

« Vous ne rêvez pas, vous maquereautez mes rêves, rêves sans lesquels vous ne seriez rien, désastreux épicier ! Ni vous ni votre smala d'abrutis minus ! »

Pour Céline, l'éditeur était l'exploiteur de son dur travail .Alors pourquoi prendre des gants ?

Même ses invectives me transportent, et encore, je n'écrit pas tout.

-- J'ai tenté, avec ma pauvre prose, de vous éblouir en parlant de son génie. Je vais m'arrêter ici, si je n'y suis pas parvenu, continuer risquerait de vous lasser...

--Voila, Monsieur Céline, j'espère ne pas vous avoir déplu en écrivant ces quelques lignes. Je voulais simplement vous dire merci pour m'avoir donné tant de plaisir tout au long de ma vie, il me suffisait simplement d'ouvrir un de vos livres.

Tant de personnes ont traversé mon existence sans m'apporter le bonheur que j'ai eu à vous lire.

-Je souhaite que ce trois-mâts que Lucette fit graver sur votre tombe, voilier représentant les voyages imaginaires qui peuplèrent votre vie,   vous emmène dans un lieu de paix et de sérénité, deux choses qui vous ont tant manqués dans votre vie.

--« Je suis de ceux qui n'oublient jamais rien. » Avez-vous dit.

-Permettez-moi de penser comme vous.